U0099974

中國兒童文學名家精選（第二輯）

女孩米粒的奇幻故事

王一梅 著

新雅文化事業有限公司
www.sunya.com.hk

現代作家、詩人、兒童文學家冰心（1900 - 1999）

1990 年，「冰心獎」創立，韓素音（左）、葛翠琳（中）在冰心家中與冰心（右）合影留念。

成功的花
人们只惊羡她現時的明艳
然而当初她的芽儿
浸透了奋斗的泪泉
洒遍了牺牲的血雨

冰心

十.廿六.一九八二

目錄

情繫中國（代序）/ *08*

第 1 章　米粒和掛曆貓

01　貓的節日 / *20*

02　夜空飛行 / *24*

03　白貓首領 / *29*

04　大腳貓的煩惱 / *33*

05　米粒沒有撒謊 / *38*

06　第一次戰爭 / *42*

07　貓的晚餐 / *48*

08　「野人」回來了 / *52*

09　不速之客 / *58*

10　復仇行動 / *62*

11　意外離別 / *67*

12　咖啡店的畫 / *72*

13　薔薇別墅的故事 / *76*

14　回到畫面 / *81*

15　故事以外的故事 / *85*

第 2 章　米粒和糖巫婆

01　兔子卡蘿 / *88*

02　沒有狼的森林 / *92*

03　糖巫婆 / *96*

04　城裏的貓頭鷹 / *100*

05　尖鼻子家族 / *104*

06　關於「滴答」/ *108*

07　女巫森林 / *112*

08　大熊洛卡 / *117*

09　蜜蜂莊園 / *122*

10　大熊瞌睡了 / *126*

11　糖巫婆守則 / *131*

12　青蛙一百厘米 / *135*

13　女巫的願望 / *139*

14　糖巫婆只有金魚那麼大 / *144*

15　故事後面的故事 / *148*

第 3 章　米粒和復活節彩蛋

01　特殊禮物 / *154*

02　復活節彩蛋 / *158*

03　會説話的蛋寶寶 / *162*

04　恐怖故事 / *166*

05　在外婆家 / *171*

06　下蛋比賽 / *175*

07　狗博士 / *179*

08　通往沼澤地的地鐵 / *184*

09　水手 / *189*

10　彩蛋加工廠 / *193*

11　水鼠的油燈 / *198*

12　青蛙一米和一百厘米 / *204*

13　黑貓偵探 / *208*

14　短尾巴鱷魚 / *213*

15　故事後面的故事 / *217*

第 4 章　米粒和蛤蟆城堡

01　寂靜的水牛灣 / *222*

02　古代地圖上的蛤蟆鎮 / *227*

03　蛤蟆主編和他的太太 / *231*

04　蛤蟆的約定 / *235*

05　寄養在荷花池 / *240*

06　改正錯誤 / *244*

07　蛤蟆兵進城 / *248*

08　搬進城堡 / *253*

09　總是見到蛤蟆 / *258*

10　會説蛤蟆語的校長 / *264*

11　蛤蟆主演 / *268*

12　阿茉和她的劇院 / *272*

13　錯誤的進化論 / *276*

14　故事後面的故事 / *281*

情繫中國（代序）

葛翠琳

說到冰心獎，自然會想起韓素音來。她的名字和冰心獎是分不開的。

2012 年 12 月 6 日，我曾在《文學報》發表了一篇懷念韓素音的散文。如今，將它放在這套叢書裏作為代序，也是對**冰心獎 25 周年**[①]的一份追憶。因為，韓素音是冰心獎的創立人之一。

羣樹綠葉尚未變色，突然雪花飄飛，樹冠和草地披了一層白。雪水從樹枝樹葉滴灑下來，路面出現冰凍，寒氣襲來，頓覺清冷。這時傳來韓素音辭世的消息，心中悵然，彷彿身在夢中。

那樣一位精力充沛、熱情飽滿的女作家，真的永遠離開了我們？

曾記得，創立冰心獎時，我們必須先申請註冊，然後才能辦理開戶、刻公章等一系列的繁雜手續。這一切必須先有房子作為登記地址。當時**商品房**[②]還沒有

---

① **冰心獎 25 周年**：冰心獎於 1990 年創立，為一年一屆。本序中所述之 25 周年時為 2015 年。

② **商品房**：由房地產開發商統一設計和建造，作為商品出售的房屋，通常是作為居民住宅，類似香港的私人屋苑。

流行，困境可以想像。韓素音決定把她的私人房產，隔斷一間出來作為冰心獎辦公用房，這令我十分感動。韓素音在北京原有過一處房產，是獨院平房，「文革」中被侵佔，「文革」後政府落實政策，補給她幾間平房。這處房產坐落在**西四**[①]一個胡同裏，是一進三層的大院，中間的單獨小院給了韓素音，幾間平房相互通着。臨院門的一間隔斷開來作為冰心獎辦公室，雖是平房，卻有衞生設備，還分成裏外間，這在當時確實難得。韓素音真誠地為我辦了親筆簽字的手續。這件事在相當長的一段時間裏，為冰心獎的創立解決了一項實際困難。

後來，我考慮韓素音本人並不在中國居住，將來處理這私人房產時，切割出來的這一間會對她造成不便，我就把這間房子退還了她。她驚奇地說：「你知道嗎，多少人想着這房子？你已用着這房，怎麼還退回來？」

我說：「房子的事，早晚你要處理，不想給你留下麻煩。」

韓素音是個慷慨熱情的人。冰心獎創立初期，吳作人美術獎國際基金會成立，首屆頒獎會在北京飯店

[①] **西四**：為西四牌樓的簡稱，在今北京市西城區。

舉行，與會人坐成圓桌形。韓素音到場時活動已經開始，她就坐在後門旁我們這一桌，我忙讓工作人員傳話給吳作人老師的夫人蕭淑芳老師，不一會兒，有人來請韓素音上主席枱就座。她推辭，我說：「你去坐主席枱吧，否則蕭老師還要親自來請你。」她匆忙囑咐我：「冰心獎頒獎會一定要擺一排排座位，千萬不要擺單桌，大家精神不集中，會場難控制。」我回答知道了。所以冰心獎頒獎會會場從未擺過分桌座位，會議時間也不超過兩小時。開始幾年，在人民大會堂舉辦頒獎會，後來在釣魚台國賓館芳菲苑舉行，韓素音都親自參加，而且每次都發表熱情洋溢的講話。最初幾屆評出的獲獎作品，她都看過，還問過獲獎作者的情況。她為冰心獎獲獎作品寫的諸多題詞，大部分我在浙江少年兒童出版社主編的《冰心兒童文學新作獎獲獎作品集》序言裏提過了，這裏不再重述。

韓素音最後一次來北京，我們一起去醫院看望冰心。回來她對我說：「冰心是令人羡慕的，近百歲的人，心情平靜地躺在醫院裏安度晚年。有事作家協會派人來解決，家屬來看望，作家協會會派車。外國的作家進入老年，哪有什麼機構管你？」

我說：「你可以久住中國呀。」

她說：「我的故鄉是中國，但我要永久居住在中國，還是需要許多手續的。」

因為這不是我能發表意見的事，便閉口不再談論。

曾記得，在北大舉辦韓素音青年翻譯獎頒獎會，季羨林老師主持會議，並領導此項工作，所以用車、場地安排等諸項都順利。頒獎會人數不多，卻莊重熱烈、輕鬆愉快，會後在餐廳推出茶几高的大蛋糕，氣氛被推向高潮。韓素音說：「他們的做法你可以參考。」

我注意到此項活動中獲獎證書是蓋方形人名章，這對獲獎者或許更具紀念意義。於是會後我請韓素音、冰心二人為冰心獎提供了親筆簽名，並刻印製成了簽名章，以供冰心獎頒獎備用。韓素音還認真地寫下了英文和中文名字。如今這兩個簽名章，竟成了兩位老人為冰心獎留在世上的珍貴手跡了。

曾記得，1982 年，我去瑞士參加兒童書籍國際獎評委會會議，先是住在旅館裏，韓素音去看我，說：「這裏的人多是講法語，評委會的說明資料也大多是法文，你不如先住在我家中，我可以翻譯給你聽，你也幫我處理一批中國的來信。」我的英文水準還是新中國成立前在燕京大學讀書時的基礎，法文沒學過，韓素音對我幫助很多。

她的家只是一套普通的二居室樓房，一間卧室，一間書房，一間客廳兼餐廳，二衛一廚。書櫃都擺放在長長的樓道裏。

客廳裏有一套沙發，一張餐桌，一個小打字桌。令我感到意外的是，任何房間都沒有電視機。我住在她家的書房中，她就在客廳裏寫《周恩來與他的世紀》一書。堆摞一尺多高的中文來信，她沒有秘書，真難為她了。我讀給她聽，並幫她寫了回信。其中有中國歐美同學會的信，通知她交會費。我説回京後替她回個電話就行了。她説那樣不禮貌，還是回封短信，再帶一張支票好。我照辦了。

韓素音笑説：「人們傳説我家像王宮，有廚師，有司機，你看，哪裏有？只有鐘點工每周來打掃衛生。」

瑞士兒童書籍國際獎的主席希望獲獎者所獲獎金由一位伯爵夫人捐贈，這事特請韓素音協助完成，韓素音熱心公益事業，就答應下來。韓素音和我去參加伯爵夫人的午宴，我們是乘火車去的，伯爵夫人的莊園是似曾在歐洲電影中看過的貴族莊園，園外樹林茂密。有位女記者開車來赴宴，見到韓素音就請我們上車，小汽車在林中路上開了不短的時間，才到宮府門

口，早有侍者在門外等候。伯爵夫人很富有，有私人飛機、私人銀行……她本人服飾卻很簡樸。午宴也只有幾樣菜，由侍者送到賓客面前，盤中備有叉勺，客人根據需要自取菜量放入自己盤中，最後每人一杯飲料。就在這交際餐敍的活動中，韓素音取得伯爵夫人的同意，捐贈給了瑞士兒童書籍國際獎一筆錢。回程中快到家的時候，韓素音帶我到意大利餐館吃了些麪食，因我豬牛羊肉都不吃，午宴只取些蔬菜沙拉，她怕我沒吃飽，這説明她是個很細心周到的人。我們一路交談，她向我詳細介紹了這次活動的構想，並感慨地説：「人們都讚賞北京燕園的價值，當初司徒雷登就是一次又一次地在國外尋求贊助，才建成燕園的。如今還有誰記得他？但燕園留下來了，一代又一代的精英從那裏走出來……」

後來，冰心獎的許多機制，都借鑒了瑞士兒童書籍國際獎評獎的規則。

瑞士兒童書籍國際獎評獎工作結束，我去巴黎訪問，韓素音給我一筆法郎。我説：「用不着。」她説：「你一個人出國，不像隨代表團出訪，事事都有人安排好，跟着走就行了。可那樣你永遠鍛煉不出來。你要自己跑，自己處理各樣問題。」她還給了我一沓[1]公交車票，乘一次車，使用一張。

在巴黎，食宿交通等接待單位都為我安排了，所以韓素音給我的法郎一分沒用，回到瑞士我又全部退還給她了。她說：「別人出國都買許多東西帶回去，你不買些什麼？」我說：「我什麼也不需要。謝謝你。」她笑說：「接待你太簡單了，幾口蔬菜就夠。」

將要回國的時候，韓素音讓我陪她去商場買東西。我問她要買什麼？她說：「你幫我看看。」逛了半天，她問：「你看什麼東西好？」

我說：「你需要什麼買什麼，如果不需要，東西再好，買了也沒用。」最後，她選了一個紅色小皮包，問我：「你看怎麼樣？」我說：「很輕巧，挺實用的。」她說：「就買它吧！」即刻付了款。

我回國向她告別時，她拿出了那隻紅色小皮包，說：「這是給你買的。」我不肯收，說：「你留着自己用吧。」她堅持送給我，說：「帶回去留個紀念吧！」

這小小的皮包，在我身邊多年，皮包雖小，卻盛滿了真摯的友誼。

韓素音在中國熟識不熟識的朋友有多少，誰說得清呢？但韓素音對誰都是真誠相待的。

---

① 沓：粵音「踏」。量詞，作為計算重疊的書、紙的單位。

她曾出錢選送多人去英國留學，王炳南同志的夫人姚淑賢大姐就曾幫她管理這筆基金多年，辛苦地義務勞動着。

曾記得，冰心獎創立初期，為了答謝燕山石化企業捐贈資金，雷潔瓊老師和韓素音親自出面去遠郊廠區訪問，並參觀廠辦小學和幼稚園，慰問教師和孩子們。石化企業的領導海燕同志全程陪伴我們，我準備了玩具、圖書，還有一把二尺多長的素面摺扇代替簽名簿。韓素音興致勃勃地和海燕同志交談。海燕同志的父親也是燕京大學的校友，這使兩位老人倍感親切，歡聲笑語不斷。韓素音和雷老師從一大清早出發直到傍晚才回，我幾乎是筋疲力盡地勉強支撐下來，真難為兩位高齡老人了。

韓素音為中國的公益事業東奔西跑，花費了多少心血！「中外科學基金獎」、「彩虹獎」、「中印友誼文學獎」……凝聚了她對中國的一片真情。怎不令人敬佩！

韓素音晚年是寂寞的，獨自一人寡居在瑞士，年節的日子裏甚是淒涼。通電話時她反覆問：「記得我的地址嗎？沒有改變。你那兒是白天的時候，這兒是夜裏，我在睡覺。這裏的白天，北京是夜間，你要睡覺。

打電話不方便，你寫信！」

可我寫了中文信，又有誰讀給她聽呢……

朗朗笑聲猶在記憶中迴蕩，如今她已是隔世的人了。但願在另一個世界裏，她能和冰心、雷潔瓊諸多老朋友快樂地相會。

瑞士洛桑的那串電話號碼，不再傳送韓素音的聲音了，只留在電話簿裏，標示着她曾經的歲月。

37. Montoie Lausanne100 > SwitzerLand 這個地址，不會再接收她的信函，但會留在歷史裏：著名英籍華人女作家韓素音曾在這裏度過她的後半生，她的許多作品，從這裏走向了世界。

韓素音曾為冰心獎寫過不少題詞，她對冰心獎獲獎作者懷有真誠的期待，這裏錄下幾句她寫給小讀者的話：

小朋友們

你們是我們的明天

我們是你們的昨天

但我們的工作並沒有終結

讓我們攜起手來，一起創造

一個更美麗的中國

冰心獎創立 25 周年了，一輩又一輩獲獎作者湧現出來。未來，獲獎作者的名單還會越來越長。期望作家們的作品在小讀者心中扎根。

冰心獎，一個美麗的童話夢。

眾多出自愛心的手牽在一起，使這童話夢變成了現實。

兒童文學事業，是需要集體培育的事業。

第 1 章

米粒和掛曆貓

有一隻貓，名叫皮拉，你不用擔心他鋒利的爪子會抓你，也不用擔心他會掉毛，當然更不用擔心他身上有跳蚤。長江路小學三（7）班學生米粒在一個夜晚遇到了他。

01
貓的節日

10月10日，茉莉公寓18層窗戶上出現了一張白色的貓臉，他從黑色的夜空飛來，尋找一隻叫作皮拉的掛曆貓。

米粒趴在窗口的桌上畫畫。

這是茉莉公寓最高的樓層18層的一個窗戶。米粒覺得站在這個窗口，離天空很近很近。

「篤、篤、篤！」窗外傳來三下清晰的敲擊聲，像啄木鳥在捉蟲。

「篤篤篤篤篤篤……」一串清晰的聲音，像小雨點在敲打窗戶。

米粒把眼睛移到窗戶上，啊，玻璃後面印着一張白色的貓臉，綠閃閃的眼睛正在往窗戶裏面張望，爪子敲打着窗戶。

「啊，是大白貓——」米粒猶豫着打開窗戶，問，「你來找誰？」

「我來找你們家的貓。」大白貓說話的時候，用

三隻爪子趴在玻璃上，另外一隻爪子像人的手一樣比畫着。風吹着他雪白的毛，有幾根白色的貓毛落到了米粒的書桌上。

米粒不喜歡空氣中飄浮的雜物，包括風裏吹來的貓毛，並且米粒家裏根本就沒有養貓。她說：「你一定是弄錯了。」接着她想關上窗戶。

但是大白貓的身體已經卡進來一半，他堅持說：「有的，他叫皮拉，馬上就會從掛曆裏走出來了。」

米粒的房門後面掛着一本掛曆，圖案是各種建築物，比如：1 月份是中國的故宮，3 月份是法國的盧浮宮，8 月份是埃及的金字塔，都是世界各地的名勝，而到了 10 月份，是一幢根本就沒有名氣的古老別墅，看上去甚至有些破舊。別墅前面是薔薇花的籬笆，一隻黑貓靜靜地坐在薔薇花下，他的身邊還有一隻黑色的老鼠。

米粒仔細看着的時候，突然看見掛曆上的黑貓眼睛眨了眨，舌頭捲了捲，還把尾巴搖了搖，接着弓起背，豎起耳朵，伸了個懶腰就從掛曆上走下來了。

米粒揉揉眼睛，掛曆上的黑貓和真的貓一樣弓着背、翹着尾巴站在了她的面前。再回頭看看窗台上的大白貓，她猛然感覺到今夜不是一個普通的夜晚，不是嗎？米粒家在茉莉公寓 18 層，貓是怎麼像蝙蝠一樣飛到窗戶上的？

米粒可不是膽小的女孩，她有着黑黑的皮膚，大大的眼睛，厚厚的嘴唇，翹翹的辮子。這會兒她站在書桌前愣住了，她的嘴巴張得圓圓的，像一個大大的「O」，呼吸出來的全都是一個個「？」。

大白貓也不走進屋子，只是站在窗台上，他做出邀請的動作：「走吧，皮拉，我們馬上出發，去參加今天的貓節吧。」

貓節？米粒第一次聽說這個節日。

大白貓說：「我們貓的節日是 10 年一次。這是貓聚會的日子，像我這樣的隱身貓，還有皮拉這樣的掛曆貓，只有在今天才可以相聚。」

皮拉高興得手舞足蹈。但是，他沒有馬上動身，而是走到米粒面前，說：「能為我留着窗戶嗎？我等這個貓節已經很久了，只有到了今天，我才能走出掛曆。但我必須要回到這裏來的。」

米粒答應為黑貓留一扇窗戶。「不過嘛……」米粒說，「我有一個條件，那就是帶我一起去。」

大白貓皺了皺眉頭，他的額頭就形成了一道道紋路，像老虎的額頭一樣。他猶豫着說：「除了老鼠，

沒有別的成員參加過我們的節日。」

皮拉說：「我來照顧她，可以嗎？」

大白貓說：「好吧，誰讓你遇上了呢，你應該覺得榮幸，這是我們第一次邀請人類參加貓的聚會。」

米粒非常激動，站到書桌上，隨時都準備出發。

皮拉指着黑色的夜空，說：「今天夜裏，所有的貓都會飛，等會兒，你可以看見貓像鳥一樣飛行在天空中，你可千萬不能大驚小怪哦。」

米粒這才明白，白貓就是從黑色的夜空中飛來，落在茉莉公寓 18 層的窗戶上的。

02 夜空飛行

夜空中到處是飛行的貓，一根一根的電視天線就是他們的路標。皮拉帶着米粒在一個空曠的屋頂降落。

米粒打開窗戶，城市的夜晚，家家戶戶的窗戶都亮着燈。

皮拉讓米粒在窗口等，他要試飛。他對白貓說：「你是知道的，我好久不飛了，我必須試一試。」

他沒有翅膀，只是把他的兩條腿伸向前，另外兩條腿伸在後面，接着他的身體離開窗台，開始在夜空中飛行。他的眼睛閃着綠色的光芒，像夜空中的貓頭鷹。

米粒想：「那些亮着燈光的窗戶，會不會突然打開，會不會有一個孩子，和她一樣看見夜空中飛行的貓。第二天醒來，那個孩子也許覺得昨天夜裏只是做了一個貓會飛行的夢。」

茉莉公寓的對面是百合花公寓，米粒的同學小眼

鏡安迪就住在百合花公寓頂層，安迪的家離地面最遠最遠，但是，安迪喜歡天空，他的美國爸爸為他安裝了一個天文望遠鏡，可以看見天上的星星。如果現在安迪正在觀察天空，正好看見飛行的皮拉，他說不定會斷定天空中出現了不明飛行物。

天空中飛行的貓多了起來，他們飛行的時候並不說話，甚至也不打招呼，好像沒有看見彼此一樣。

皮拉在黑夜裏轉了一圈，返回窗台，落下來的時候帶着一絲風聲和重重的腳步聲。他不好意思地說：「我的腳太大了，落地的時候聲音總是太響。」

不過，他大大的貓腳最容易站穩。接着他伏下身體，說：「來吧，我帶你飛。」

米粒猶豫着：「騎在你身上？」

白貓說：「如果你膽小，現在退出還來得及。」

米粒不是膽小的女孩，只是她從來沒有騎過貓，怕壓壞了貓。

皮拉催促着：「來吧，就像騎在你爸爸的摩托車後面一樣，記住，千萬別向下看，只管看上面和前面。」

米粒不想失去飛行的機會，趕緊坐了上去，皮拉的背熱乎乎的，很柔軟。

米粒問皮拉：「我可以抓住你的耳朵嗎？」

「不行，我必須依靠耳朵的轉動來辨別四面八方的聲音。」

米粒接着問：「那我可以抓住你的尾巴嗎？」

「那也不行，飛行的時候，我需要用尾巴來調節方向。」皮拉已經把尾巴調節得像一個螺旋槳。

「你可以抓住我脖子後面的毛。」皮拉把脖子裏的毛豎起來。

他們開始起飛，從窗台飛了出去。風呼呼地從耳邊吹過。白貓在前面飛，黑貓皮拉帶着米粒跟在後面。

天空中散布着一些星星，閃着光，並不亮，但是很清澈。月亮彎得像一個鈎子，柔柔地掛在茉莉公寓的樓頂，好像要把米粒家的 18 層公寓樓勾起來似的。

遠處屋頂上閃着一對對綠綠的光，那是貓的眼。貓都弓着背，豎着耳朵，在月光下形成一個個優美又神秘的身影。

皮拉帶着米粒在一個空曠的屋頂降落。

貓和鴿子常常把別人家的屋頂當成自己的道路，而那一根一根的電視天線就像是他們的路標。

大白貓站到一根最高的電視天線旁邊，那裏已經聚集了很多貓。他們豎起了尾巴，弓起了背。他們這樣的時候，往往表示他們的情緒有些激動。

大白貓很威嚴地「喵嗚——」叫了一聲。他的聲音在夜空中迴蕩，最後被黑夜吞沒。所有的貓回應「喵嗚——」。他們的聲音也在夜空中迴蕩，最後也被黑夜吞沒。

03
白貓首領

米粒猜測着白貓的身分，他究竟是歌星還是演說家？結果發現他竟然是被糖巫婆用魔法控制的隱形貓。

皮拉告訴米粒：「只有今天，貓可以飛行。大部分的貓是第一次飛行。所以飛行的時候大家都很認真，彼此之間不說話。」

米粒問：「那你是第幾次飛行了？」這個問題，相當於我們人類問別人幾歲了。

皮拉說：「第 8 次。」皮拉的回答等於告訴米粒，他在 80 年前就已經飛行過，參加過貓的聚會。

和那些平凡的貓相比，掛曆貓皮拉是非凡的。

那麼，來接掛曆貓皮拉的白貓一定也是非凡的。

白貓被大家圍在中間。

白貓說：「我很榮幸能夠和你們見面，你們生活得好嗎？」

米粒猜測白貓可能是歌星。

許多貓像歌迷一樣瘋狂地回答他：「好。」

但是有一隻小小的白貓站出來，說：「我很不好，我被人類拋棄了，請您告訴我，我該怎麼辦？」

白貓撫摩着這隻小小的白貓的頭，用緩慢而平靜的聲音回答：「從很早開始，我們貓就選擇和人類一起生活，這讓我們感到安全。但是，有一些貓為了獲得自由，寧願做一隻野貓。不管以哪種方式生活，我只希望大家生活得快樂。」

小小白貓昂着頭看着白貓，「喵嗚——」地叫着。從這個貓節開始，他將要開始野貓的生活了。

米粒又重新猜測白貓的身分，白貓說的話富有哲理，米粒覺得他像一位了不起的演說家。

但是，白貓沒有繼續他的演說。他像一位真正的紳士一樣向大家鞠了一個躬，說：「能夠和你們見面是我 10 年中最盼望的一天。」

皮拉小聲告訴米粒：「這也是所有的貓最盼望的一天，10 年來，能親眼看見白貓的機會就這一次。他是所有貓的首領。」

首領？這讓米粒覺得意外，但也讓米粒信服。白貓平常的打扮，平和的目光，充滿了智慧和愛的聲音，都足以說明白貓是一位受愛戴的首領。

白貓說：「我很想天天和你們在一起。但是，我是一位囚徒。」

囚徒？所有的貓都覺得意外。

白貓說：「別奇怪，孩子們，我的確是囚徒，犯了錯誤就應該受到懲罰，誰也不例外，1000 多年前，我背叛了養育我的女巫。」

接着，白貓給大家講述了一個關於女巫和貓的故事：

1000 多年前，我是一隻小小的白貓，和糖巫婆生活在女巫森林裏。

糖巫婆舉着一根巨大的棒棒糖，總是把我粘在棒棒糖上面。但是，我更加喜歡人類的村莊。終於有一天，我離開了糖巫婆。

米粒插嘴說：「哦，人類有時候會拋棄貓，而貓會拋棄女巫。」

白貓有些不高興地看了米粒一眼，米粒馬上意識到隨意打斷貓說話也是不禮貌的。

略微停頓了一會兒，白貓繼續說：

糖巫婆非常惱火，她把我變成了一隻隱形貓，誰也看不見我，感覺不到我的存在。只有在貓節這一天裏，我才會恢復成原來的樣子。

說到這裏，白貓停止了他的演說。10 年中只有一天時間，他才做回真正的自己。

所有的貓都沉默了，他們被白貓首領的故事帶到很久遠的年代，他們被深深地感動，他們更加愛戴自己的首領。

白貓首領不再講自己的故事，比起演說，他更加熱衷於在黑夜裏遊戲。

白貓非常簡單地宣布遊戲開始，簡單到連遊戲的名字也沒有宣布。但是，貓都知道這是什麼遊戲，許多貓開始在屋簷上忙忙碌碌。

米粒猜測着他們會玩什麼遊戲，「躲貓貓」？還是「黑夜競走」？

白貓首領很寬容地對黑貓皮拉說：「你可以不用參加的。」

04
大腳貓的煩惱

在貓的遊戲中，皮拉放過了老鼠班米。許多貓議論，皮拉原本就是不會捉老鼠的大腳貓。

為什麼所有的貓都參加的遊戲，皮拉不用參加？

皮拉聳了聳肩膀對米粒說：「我的腳板太大，走路的時候聲音太響，總是抓不住老鼠，也不會有貓願意做我的搭檔。」

哦，米粒早該想到貓的比賽就應該是捉老鼠，而不是別的。

別的貓都找到了遊戲的搭檔，只有掛曆貓皮拉沒有搭檔。米粒對黑貓皮拉說：「剩下的只能在一起了。上體育課的時候，小眼鏡安迪也總是沒有人挑選他做搭檔，我就和安迪做搭檔的。」

皮拉有些感激地看着米粒，他的耳朵一轉一轉的，貓思考問題的時候就喜歡轉動耳朵。米粒的羊角辮跟着一甩一甩的，她已經把掛曆貓看成是自己的朋友了。

他們選擇了一個牆角，一動不動地蹲着，像兩個雕塑。

米粒覺得這一切太有意思了。以前，她常常會在街頭或者公園裏遇到貓，但是從來不會想到，這些貓是怎樣生活，怎樣遊戲的。而今天，她對貓有了新的認識。

就在這時，一隻老鼠從牆角竄過。老鼠背着一袋米，那袋米一邊走一邊漏，漏成了一條線。老鼠低頭走着，突然看見了掛曆貓皮拉的腳，就一下子停住了，扔了米袋就逃。

啊，是皮拉發揮作用的時候了。皮拉跳出來，攔住了老鼠的去路：「啊，是班米？」

「啊，是皮拉。」老鼠班米用他戴着白手套的爪子拍着胸。

皮拉把身體側過來，讓出一條路，說：「快走，千萬不要讓別的貓看見你。」

班米迅速逃走了。快得連米粒這個搭檔都沒有弄明白是怎麼回事。

米粒的身後，竄出來一隻黃色的鬈毛貓。他兇狠地對皮拉說：「你放走了那隻老鼠，我看見了，所有的貓都會瞧不起你的。」

皮拉耷拉着頭，無奈地聳聳貓肩。

米粒認出那隻黃貓是新搬來的鄰居方便麪阿姨家的貓，人稱方便麪貓。

米粒提醒皮拉：「她是一隻會惹麻煩的貓。」

皮拉説：「沒有辦法，我不能捉班米。班米是和我一起住在掛曆裏的那隻老鼠。」

米粒想了想，掛曆上的確是有一隻黑色老鼠的。一片野薔薇的白色花瓣飄落在黑色老鼠的頭上，像為他戴了一頂花帽。

遊戲結束，許多貓都在議論，那隻大腳貓根本就是一隻不會捉老鼠的貓。

他們説的大腳貓就是皮拉。皮拉傷心地説：「他們説得對，我一輩子都沒有捉住過老鼠。」皮拉身體變得扭曲，就像一團被揉碎的紙。

米粒突然覺得自己應該保護皮拉、安慰皮拉。她拉着皮拉在屋簷上坐下來。這裏離城市好遙遠好遙遠，離天空好接近好接近。

皮拉説：「我好想做一顆星星，貼在天上。」也許，當孤獨感襲來的時候，心就會走得很遙遠很遙遠。

米粒想把皮拉走得遙遠的心拉回來，説：「就算你變成了星星，我的同學小眼鏡安迪仍然會在所有的星星中發現你。他每天都站在 18 樓的陽台用天文望遠鏡尋找新的星球。」

皮拉笑着説：「他會發現一顆『Cat』星球。」皮拉的身體又開始變得舒展。他覺得自己就像一顆閃爍着光芒的星星。

這時候，方便麪貓來了，她説：「我認識你，你是住在我家樓上的那個小姑娘。你怎麼和不會捉老鼠的貓在一起？」

皮拉剛剛重拾的一點兒信心又一次受到打擊，沮喪地耷拉着尾巴站在旁邊。

米粒非常生氣地説：「我不喜歡你議論我的朋友。」

方便麪貓説：「我發誓不議論，我只對我的朋友花狸貓説過。我還知道，他是住在掛曆裏的貓，他不能被雨淋。」方便麪貓説這些的時候，鬍子一翹一翹的，很得意的樣子。

黑夜裏，米粒看不見皮拉的臉，但她感覺到皮拉一定非常傷心。

米粒覺得方便麪貓專門拿別人的缺點來説，應該給她一點兒教訓。米粒注意到方便麪貓的鬍子很特別，有些捲曲，就突然想把她的鬍子剪下來。

方便麪貓和別的貓開始玩倒掛在樹上的遊戲，他們要比賽看誰能夠堅持更長的時間。米粒趁方便麪貓閉着眼睛倒掛在樹上的時候，剪掉了她的鬍子。

05
米粒沒有撒謊

米粒上學遲到了，她說自己昨夜和貓一起遊戲，還剪掉了貓的鬍子。大家都認為米粒在撒謊，只有小眼鏡安迪相信她。

第二天早晨，米粒上學遲到了。

她走到校門口的時候，沒有看見門衛潘爺爺，只看見潘爺爺的狗，那隻捲着尾巴的黑狗居然還在睡覺。

這有些反常，平時這個時候，高校長早就在校園的各處轉悠了。米粒經過高校長身邊的時候，會向高校長鞠躬。高校長會彎下腰，咧着嘴給米粒一個笑臉。米粒就特別想摸摸他像胡蘿蔔一樣的高鼻子。

可是，今天，米粒輕手輕腳地經過校長室時，看見高校長正揉着高鼻子打哈欠。米粒彎着腰，往教室跑去。

「米粒，」米粒的班主任夏老師在後面喊她，「請你到我辦公室來一下。」

夏老師是一位年輕的老師，她說話的聲音從來都不響亮的，但是，同學們都聽她的話。因為夏老師把

頭髮紮在腦後，一根劉海也不留，橢圓形的臉上戴着一副大大的眼鏡，鏡框還是黑色的，看上去很嚴肅。

「你為什麼比遲到的人還晚？」夏老師問。

比遲到的人還晚？「誰也遲到了？」米粒嘀咕了一聲。

夏老師的臉有些紅了：「是我，我也遲到了。還有，我們全班都遲到了。那是因為昨天晚上，大家都沒有睡好，被貓吵了一夜。」

昨天晚上，全城的貓都在過節！

「可你是最後一個來的。」夏老師輕聲説。米粒知道夏老師生氣的時候就是這樣説話的。

「昨天晚上，我和貓一起做遊戲了。」米粒簡單地回答。

夏老師吃驚得眼鏡都快掉下來了，因為米粒雖然很調皮但從不撒謊，今天怎麼説謊話了？她扶了扶眼鏡，盡力把聲音壓低了説：「好孩子是不能説謊的，遲到了也沒什麼，承認就行了，怎麼能説和貓一起做遊戲呢？好了，現在先回教室去吧。」

上課的預備鈴響起來了。米粒回到教室。

教室裏，同學們全在議論昨晚貓的事情。

「我家的貓昨天夜裏溜到了樹上，把小鳥都吵醒了。」班上的乖乖女文新雨得意得連辮子都翹起來了。

「我家的貓摔到了河裏，爬起來的時候，每個耳朵裏都有一條魚。」馬加力家的貓平時連蟑螂都抓不到，現在居然還抓到了魚？

小眼鏡安迪說：「我家樓下的花狸貓昨天晚上像是瘋掉了，一直喵喵地叫着，像是在說誰的壞話。」

「是的，你家樓下的花狸貓笑話我和皮拉不會捉老鼠。」米粒插嘴道。

「難道你會捉老鼠？哈哈，哈哈，笑死人了。」文新雨說。

「對呀，你連蒼蠅也怕，還捉老鼠？」馬加力站起來說。

「真的，我和我們家的貓一起去捉老鼠。不過，我們家的貓皮拉把老鼠班米給放了。」米粒說。

「胡說，你家沒貓。」文新雨和馬加力同時說。他們和米粒家住得近。

「是掛曆上的貓。」米粒回答。

「哈哈，哈哈哈哈……」同學們全都笑得彎下了腰。

「米粒，好孩子是不能說謊的。」夏老師又用這句話來提醒她。

「我把皮拉帶來了。」米粒對大家說。

她今天出門的時候把皮拉放在書包裏了。

米粒拿出掛曆貓皮拉。啊，皮拉睡着了，眼睛也閉上了。

「這只是紙片呀。」馬加力說，「這樣的也算貓啊？那我馬上畫一隻。」

「醒醒，皮拉，叫幾聲，讓大家聽聽，你真的是貓。」米粒拍拍掛曆貓皮拉的身體。

可是，皮拉一動也不動。「他一定是睡着了，昨天晚上他太累了。」米粒解釋說，「昨晚，我們在屋簷上走了很久。」

「哈哈哈……」同學們個個笑得前俯後仰。

「真的，是真的。」米粒大聲辯解。

夏老師第三次提醒她：「米粒，好孩子是不能撒謊的啊。」

「我沒說謊，我還剪了方便麵貓的鬍子，在這裏呢。」米粒從書包裏拿出貓鬍子給大家看。

「會不會是你爸爸的鬍子呀？」馬加力帶頭起哄。

「哈哈，哈哈哈，哈哈哈哈……」全班同學笑得喘不過氣來。

只有小眼鏡安迪相信米粒。

06
第一次戰爭

安迪認識了懂外語的皮拉，不過皮拉並不喜歡戴眼鏡的人。米粒招惹了方便麪貓，女孩和貓發生了第一次戰爭。

小眼鏡安迪希望米粒帶他去認識這些貓，當然他要先認識掛曆貓皮拉。

皮拉打着哈欠從米粒的書包裏走出來：「這一整天，睡得我累死了。」

米粒說：「你已經睡了 12 個小時了，該見見我的朋友小眼鏡安迪了。」

安迪看着一隻折疊成一小塊的紙片貓伸展開四肢，變得立體起來，然後理理鬍子站立在他的面前，安迪驚訝得眼鏡都快掉下來了。

他試探着和皮拉說話：「你好。」

皮拉不太喜歡戴着眼鏡的人，所以沒有回答他。

安迪又試探着打招呼：「Hello（哈囉）——」

皮拉說：「哈囉？我不懂英語的。」

可是，安迪覺得這隻掛曆貓是懂外語的。於是他又試探着說了一句英語：「Shall we make friends with each other ？（我們做朋友好嗎？）」

皮拉說：「那太好了，不過我不懂英語。」

安迪繼續用英語說：「Now let's go to see the cat with no beard.（我們現在去看沒有鬍子的貓吧。）」

皮拉說：「哦，這太糟糕了。」最後他補充說：「我再說一遍，我不懂英語。」

小眼鏡安迪很高興，對米粒說：「沒想到會遇到這麼有意思的貓，明明是懂英語的，卻一定要說自己不懂英語。」接下來，他很想去看看那隻被剪掉了鬍子的可憐的貓。

米粒正想去找方便麪貓算帳，要警告她：「不許再說掛曆貓皮拉不會捉老鼠，不許再說掛曆貓皮拉怕雨淋。」總之，她不許別人在背後議論掛曆貓皮拉，因為皮拉是她的朋友。

皮拉不願意去看方便麪貓，在方便麪貓面前，他覺得自己很笨。所以他決定待在米粒的口袋裏。

皮拉選擇住口袋實在是沒有辦法的事情，因為米粒的書包實在是太糟糕了，書包裏那些大大小小的書，全部都是課本，連一本課外書也沒有。米粒的作業本上那一個個紅紅的「優」字，讓皮拉覺得很心慌。

米粒的口袋比米粒的書包小多了，掛曆貓皮拉必須把自己疊成更加小的形狀。

安迪和米粒沿着古城牆開始賽跑，終點站就是百合花公寓。米粒捂着口袋跑，安迪扶着眼鏡跑，結果還是米粒先到了。

「叮咚——」米粒按響了方便麪阿姨家的門鈴。

方便麪阿姨出來了。她的頭髮燙成一縷一縷的，垂下來，就像剛剛泡了水的方便麪。這會兒，她穿了一件大大的褂子。褂子是淺綠色的，可上面有以前塗的和新塗上的各種各樣的色塊。她的手裏拿着一枝大號油畫筆，臉上和手上也都塗上了彩色顏料。

方便麪阿姨其實見過米粒，但她想不起來在哪兒見過了，一臉思考問題的樣子。米粒認為畫家大部分都這樣，視力特別好而記憶力特別差。他們常常喜歡做出思考問題的樣子，千萬別指望他們馬上就能找到答案。

「她是你的鄰居，叫米粒。」安迪指着米粒說，「她的爸爸和你一樣，是畫家。」

「哦——」方便麪阿姨好像剛剛才想起來一些。

米粒還認為畫家和畫家之間是很容易認識的，但是，認識的畫家和畫家之間不太來往的，畫家就是這樣的。

所以米粒覺得再繞圈子介紹自己的身分沒有必要，乾脆直接把話説明白。她站到安迪的前面，説：「我們是來找方便麪貓的。」

方便麪阿姨這時候總算弄明白了，這個小女孩米粒是畫家米先生的女兒。米先生一家就住在這幢樓裏，方便麪阿姨本來就打算有空過去拜訪的。

所以方便麪阿姨臉上有了笑容，説：「很不巧，我的貓今天向我請假了。」

「她怎麼請的假，有沒有説到哪裏去了？」米粒問。

「不知道，這是貓的隱私，我沒有過問。」方便麪阿姨説，「不過，她説丟了一樣很重要的東西。」

「丟什麼了？」米粒説。

「我也不知道，我的貓今天一整天都不對勁，到處亂竄，頭上撞了好幾個包，好可憐。」方便麪阿姨説完就指了指自己額頭的左邊，又指了指右邊，表示她的貓額頭左右都受了傷。

方便麪阿姨指着額頭的時候，把手上的顏料都染到了頭髮上，幾縷頭髮就變成了綠色，看上去像是生活在沼澤地裏的青苔女巫。

這時候方便麪貓垂頭喪氣地回來了，她的額頭左右各有一個包。

「你去哪裏了？有朋友來找你。」方便麪阿姨說。她根本就沒指望她的貓能聽懂她的話，她不過是隨便說說的。

「我去找我的鬍子。」方便麪貓回答，「一隻貓是不能沒有鬍子的。」

方便麪阿姨驚訝極了。她養這隻貓很長時間了，第一次聽見她講話。

安迪因為已經和掛曆貓皮拉說過話了，所以一點兒也不奇怪聽到方便麪貓說話。

安迪推了推眼鏡，說：「米粒說她剪了貓的鬍子，大家都不相信，原來是真的。」

方便麪貓一聽，立刻就發出「嗚嗚——」的聲音，她把背弓起來，尾巴翹起來，撲向米粒。

米粒原來是想來教訓方便麪貓的，沒想到結果會是這樣，她也知道自己惹禍了，趕緊躲到方便麪阿姨身後。

方便麪阿姨這時候一個勁地袒護她養大的，並且

能開口說話的貓了：「哎，這樣欺負我的貓，太不應該了。你知道嗎，鬍子對貓有多重要？」

米粒對發怒的方便麪貓感到害怕，她害怕貓的爪子。

她用眼睛向小眼鏡安迪求助。但是，安迪對她聳了聳肩，說：「我不想介入貓和女孩之間的爭鬥。」

既然這樣，那就只有逃跑了。她一邊跑一邊對安迪說：「我這樣不算逃兵的，我只是運用了三十六計中的最後一招。」

方便麪貓撲了一個空，叫得更加難聽，並且轉身向小眼鏡安迪撲來。

安迪根本就沒有招惹方便麪貓，卻也遭到了襲擊。他覺得這隻方便麪貓的確有些野蠻。

他向方便麪阿姨招了招手，一邊跑一邊說：「你的貓需要管教管教了，另外，幫她剪剪爪子。」

方便麪阿姨一點兒也沒有責怪方便麪貓，還一個勁地覺得方便麪貓可憐。的確，方便麪貓嘴邊沒有了毛，頭上還多了兩個大包，真是怪可憐的。

07 貓的晚餐

米粒最怕吃魚，皮拉卻很快就把魚吃完了，連骨頭也不吐。米粒的媽媽不會想到家裏有了一隻名叫皮拉的貓。

米粒在晚飯前逃回了家。

進門的第一件事情就是翻看媽媽的生物書——《關於貓》。米粒的媽媽姓葉，樹葉的葉，是大學裏的生物老師。

媽媽的書上説，貓的鬍子是貓的丈量工具，也就是貓的尺，差不多和貓的身體同樣寬。如果貓需要鑽洞，會用他的鬍子比一比洞的寬度，如果洞的寬度沒有貓的鬍子寬，貓是不會隨便鑽進去的。

米粒這才知道自己把貓的鬍子剪去是犯了多麼大的錯誤。

到了晚飯的時候，掛曆貓皮拉在米粒的口袋裏弓起背，打着哈欠醒來了。

晚餐有豆腐鯽魚湯。皮拉在口袋裏聞到了魚的味

道，說：「好餓啊。」

米粒說：「你是饞吧？」

皮拉自從住進掛曆就再也沒有吃過魚了。

這時候，家裏的電話突然響了，是米粒的爸爸打來的。爸爸外出寫生去了遙遠的山林。

媽媽和爸爸通電話的時候，米粒就把兩條魚放進了口袋。不用說，這魚就成了皮拉的晚餐。

媽媽打完電話，回到餐桌，說：「米粒，你爸爸讓你多吃東西，喏，多吃魚哦。」

媽媽拿湯勺舀魚，發現魚已經沒有了。

媽媽問：「魚呢？」

米粒說：「吃了。」

媽媽又問：「那魚骨頭呢？」

米粒說：「吃了。」

媽媽說：「什麼？骨頭也吃了？」

米粒說：「哦，不是的，扔了。」

媽媽說：「哦。」

真是奇怪，媽媽以前從沒見過米粒這樣爽快地吃魚。她一邊收拾盤子，一邊還嘀咕着：「這孩子，今天真是怪怪的。」

皮拉吃完魚之後，還想着晚飯後的飲料。他說：

「如果有一杯蜂蜜水或者咖啡就好了。」

「千萬別吵，我媽媽最討厭家裏養貓了。」米粒警告皮拉。幸好這會兒媽媽已經坐在沙發上看報了。

媽媽讀着報上的文字：「你看看，這寵物就是不能養。報紙上説了，養貓要引起許多疾病，比如……」

媽媽這樣讀着的時候，皮拉忍不住了，説：「貓和人類是好朋友，為什麼總説貓的壞話？」

媽媽抬起頭來説：「米粒，是你和媽媽説話嗎？怎麼聲音變樣了。」

「哦，媽媽，是我在説話，我是在學貓説話呢。」米粒捂住口袋不讓皮拉説話。

「貓才不會説話呢。貓要説話，一定是説貓話，除了貓，也許只有老鼠能聽懂了。」媽媽説。

米粒愣了愣，她覺得這幾天發生了一些奇奇怪怪的事情，讓她想也想不明白，為什麼自己能聽懂貓的話，也能聽懂老鼠的話？而且，就連站在旁邊的安迪、方便麪阿姨和媽媽也跟着聽懂了貓的話，這真有些離奇。

這些離奇的事情確實發生了，在貓的節日之後，發生在米粒這個女孩周圍。如果你覺得羨慕，那也只能羨慕，因為在人類沒有破譯動物的語言之前，你又

沒有這樣的奇遇。

米粒的媽媽最近一直在研究動物的語言。

動物依靠他們特殊的信號相互傳遞資訊，比如：蜜蜂依靠飛行的舞蹈語言，螞蟻使用觸鬚傳遞信號，等等。

人類試圖破譯動物的語言，以便於掌握更多的自然界的資訊。

米粒的媽媽常常說：「如果我們知道動物在說什麼，想什麼，那將是多麼美妙的事情啊。」

的確，自從和掛曆貓皮拉成了朋友，米粒的生活一下子變得豐富起來。

08
「野人」回來了

10 月 22 日，米粒的爸爸「野人」從女巫森林回到了家裏。媽媽徹底清洗衣服，住在口袋裏的皮拉遭遇了洗衣機歷險。

皮拉自從住進了米粒的口袋，生活也變得豐富起來。米粒喜歡穿粉紅色的背帶裙，皮拉也喜歡住在粉紅色的背帶裙口袋裏。他一直希望在那裏做一個粉紅色的夢。

皮拉跟着米粒一起上學，馬路上的一切都讓他覺得新奇。在經過米粒校門的時候，他還認識了門衞潘爺爺的狗。

不過，米粒的口袋很亂，這稍稍讓皮拉感到不舒服。皮拉説：「沒有看見過小姑娘的口袋這樣髒的。」

米粒本來是想把口袋裏的東西都清理掉的，可是，口袋裏的寶貝都是有來歷的，一樣都不能丟掉哦。

那根雞毛，是外婆家的母雞阿黃的。阿黃和米粒最親，是最有意思的母雞。其他的母雞都離米粒遠遠

的，只有阿黃跟在米粒後面，吃米粒餵的麪包屑。在母雞阿黃的後面，又會跟着一羣小雞。米粒覺得自己神氣極了，有些像她的校長高先生了。高先生有時候帶他們跑步，他們的班主任夏老師就帶着一羣同學跟在高校長後面。

那枚鵝卵石，是米粒在海邊撿的，是米粒第一次來到大海，大海送給米粒的禮物。米粒常常想：「這枚鵝卵石，以前不知道躺在大海的哪個地方，現在就躺在我的口袋裏了。」她突然覺得自己的口袋很大很大，大得可以盛得下大海裏的東西了。

那張糖紙，是米粒吃了裏面的糖，留下來準備做成糖紙小人的。

所以，米粒只能對皮拉説：「你在我口袋裏的時候，不能弄壞了我的雞毛，也要小心不被鵝卵石磕痛了，還有不要讓玻璃糖紙發出聲音來。」

皮拉畢竟是掛曆貓，不會像真的貓那樣不安分。他很規矩地住在米粒的口袋裏。

米粒回家的時候，媽媽已經到家。媽媽今天回家特別早，因為爸爸從野外寫生回來了。

米粒的爸爸常常要外出寫生的。日曆已經翻到了 10 月 22 日，爸爸這次出門已經有 15 天了。

「他一定像個野人了。」媽媽對米粒說，「你可要有思想準備哦，別讓他用鬍子扎你。」

說完，媽媽就進了廚房，她要為爸爸這個「野人」做可口的飯菜。

沒多久，爸爸果然回家了。他背着他的畫架，拖着旅行包，裏面裝着他寫生的作品。爸爸的鬍子已經老長老長，衣服看上去很髒，像極了一個「野人」。

不過，米粒和媽媽仍然熱烈地擁抱「野人」，接着，她們展開爸爸的畫。爸爸畫的是一片森林。爸爸說：「這就是有名的女巫森林。森林裏還有很多古老的植物，尤其是藤蔓植物。」

媽媽非常喜歡這片森林，她說：「我一定要到這片森林去採集植物標本。」

米粒看着那幅畫，覺得很神秘。

皮拉悄悄告訴米粒：「這個女巫森林就是白貓首領的家。」

米粒想起了白貓首領。自從那天夜晚開始，她就再也沒有見過他，因為他是隱形貓，要等到下一個貓節，他才能恢復貓的樣子。現在白貓在哪裏呢？

那天上飄着的白雲是白貓的化身嗎？

那遠處的白色野花是白貓的化身嗎？

還是他乾脆是透明的？

媽媽開始了改造「野人」的行動，第一步當然是把「野人」穿髒的衣服一股腦兒都洗了，順便，也把米粒的粉紅背帶裙一起洗了。

晚上，天氣有些變冷。

媽媽打着哈欠催米粒睡覺。米粒找出自己的一隻棉鞋，她覺得用這個給皮拉當牀最合適了。

可是，米粒找不到皮拉了，因為她找不到自己的背帶裙了。

米粒大聲叫起來：「媽媽，我的衣服呢？」

媽媽打着哈欠，漫不經心地回答：「洗了。」

米粒急了。她衝到陽台上，看見自己的衣服濕淋淋、皺巴巴地掛着。

米粒把晾衣架降下來，衣服袋口開着，皮拉被粘在口袋裏了。他的頭上粘着那根雞毛，玻璃糖紙已經變成了一張透明的無色的玻璃紙，而卵石已經不見了。

媽媽問：「米粒，是找這枚鵝卵石嗎？」

米粒看見媽媽手裏拿着那枚鵝卵石。鵝卵石倒是被洗得很乾淨，變得有光澤了。

米粒說：「哦，不，媽媽。」

媽媽說：「這孩子，還說不呢，把鵝卵石放在口袋裏，還不知道會在口袋裏藏什麼髒東西呢。」

米粒的媽媽總把一些昆蟲和樹葉採集到她的生物實驗室。可是，媽媽總是不允許米粒把粘着泥巴的東西帶回家。

千萬千萬不能讓媽媽發現掛曆貓皮拉，因為皮拉的大腳上總粘泥巴。

等媽媽走了以後，皮拉突然從口袋裏伸出頭，用微弱的聲音說：「別擔心，米粒，我現在感覺很難受，要等明天身體乾了，你才能把我從口袋裏取出來。」

米粒稍微放心一些，可是她仍然很心疼皮拉。她發現皮拉的一個耳朵被洗掉了一些黑顏色，有了一塊白色的斑點。

皮拉看出米粒的擔心了，故作輕鬆地說：「沒有關係的，斑點狗都是這樣的。」

「是的，斑點貓，現在你需要休息，我明天再來看你。」米粒和皮拉道了晚安，依依不捨地回到自己的房間。

09
不速之客

10 月 23 日，方便麪阿姨來拜訪大米畫家，把方便麪貓托給葉老師照顧。方便麪貓像強盜一樣入侵了米粒家。

第二天早上，米粒一家除了媽媽已經起牀，其他的都在睡覺。

米粒的爸爸是肯定要睡到很晚很晚的。

米粒也是會睡到很晚的，因為米粒的青蛙鬧鐘也睡着了。原來每天早晨米粒都是被青蛙鬧鐘叫醒的，休息天媽媽就不會讓青蛙鬧鐘叫了。

當然，掛曆貓皮拉也昏昏沉沉地睡在陽台上的衣服口袋裏。

「叮咚——」米粒家的門鈴響了。

媽媽正在煮茶葉蛋，她把一袋茶葉倒進了鍋裏。

「叮咚——」門鈴又響了。這次，門鈴把米粒吵醒了。

沒等門鈴第三次響起，媽媽已經打開了門。

媽媽看見一個滿頭鬈髮的女人站在她家的門口，一個手臂裏抱着一隻滿身鬈毛的貓，另一隻手拎了一袋方便麪。

米粒從房間的門縫裏往外看：「哎喲，不好了，是那個方便麪阿姨和她的方便麪貓，她們是來告狀的嗎？」

「大米畫家在嗎？」鬈髮女人問。

媽媽不認識鬈髮女人，把她堵在門口，問：「你是誰啊？大米正在睡覺呢。」

鬈髮女人説：「是這樣的，我姓方，叫方向。其實，我和大米都是畫畫的。大米的老師也就是我的老師，只不過，大米先畢業 10 年，我們沒在學校認識，我們是在後來的畫展上認識的。」

媽媽一聽説原來是這樣的，語氣就變得溫柔一些了。

她説：「哦，這樣啊，我好像是知道你的，很早就聽説有一位畫貓的畫家，總能把貓畫得像老虎一樣，原來就是你啊。」

米粒想：「哼，那隻方便麪貓就和老虎差不多兇呢。」

小方阿姨有些尷尬地笑了笑，説：「我是才搬來的。所以過來認識一下。」

媽媽說：「哦，那請進來，早飯吃了嗎？我正在煮茶葉蛋。」

小方阿姨說：「我就不在這裏吃早飯了，沒見着大米也沒關係，這件事情本來就是要拜託大米夫人的。」

媽媽聽說找她的，馬上高興地說：「這麼說，你本來就是找我的，你有什麼事情就說吧。大家都是鄰居嘛。」

小方阿姨說：「那我就不客氣了。我要出門幾天，想把這隻方便麪貓寄養在您的家裏。」

媽媽笑着的臉頓時有些僵硬。

米粒更加一臉的驚訝，這隻兇狠的貓居然要被寄養在自己的家裏了？

小方阿姨可沒注意這些。她把方便麪貓放到了米粒家的地板上，然後，把手裏的一袋方便麪遞給媽媽，說：「我的貓很容易養的，她不會讓您破費，您給她吃這個就行了。」

媽媽想：「既然是大米的朋友，而且也不用專門做魚給她吃，也就是幫着沖沖方便麪，那就不好意思拒絕了。」

「好吧，你需要幾天才回來？」媽媽問。

「2天。」小方阿姨說，「2天以後，我請大家看畫展。」

小方阿姨一直都是站在門口的，說完就走了。

本來米粒很擔心小方阿姨是來告狀的，但是，小方阿姨根本就沒有提貓鬍子的事。米粒總算鬆了一口氣。

方便麪貓大搖大擺地進了米粒家，四處張望着。米粒覺得她像一個入侵的強盜。

方便麪貓衝着米粒「喵——」地叫了一聲，很有一些示威的意思。

米粒「啪——」地關上房門。過了一會兒，米粒打開房門，在房門外面掛上了一塊標誌牌，上面寫着：壞貓勿入。

媽媽經過米粒房門的時候，搖了搖頭說：「千萬不要發生女孩和貓的戰爭。」

10
復仇行動

因為討厭方便麪貓，米粒跟爸爸去了外婆家。方便麪貓趁媽媽不注意，實施了她的復仇計劃。

沒多久，米粒的爸爸也起牀了。

媽媽說：「你應該再睡一會兒的，在外面畫畫太辛苦了。」

爸爸說：「不了。」他要把他的畫一張一張地配上框，然後一幅一幅地陳列到他的畫室。

爸爸的畫室在米粒的外婆家。米粒的外婆家在郊外，那裏是這一帶有名的風景區。一幢 2 層的小樓，背後是山，前面是湖，外婆就住在樓下。外婆的房間後面就是母雞阿黃住的小磚屋。樓上最大的一間就是爸爸的畫室，爸爸常常住在外婆家畫畫。

媽媽本來也想去的，但是爸爸說：「這是方向的貓，是方向畫畫的模特貓，很重要的，如果你不照顧好，會影響方向畫畫的。」

媽媽因此也覺得自己責任重大，就決定留下來照

顧方向的貓。

米粒想：那個阿姨叫方向，她的名字怪怪的，做的事就更怪了。她把一隻弄不清方向的貓留在別人的家裏，也不管別人歡迎不歡迎。

米粒很討厭方便麪貓，決定跟着爸爸一起去鄉下。

米粒的這個決定讓方便麪貓非常快樂。家裏只剩下她和米粒的媽媽葉老師。方便麪貓做出很乖的樣子趴在陽台上。她一隻眼睛睜着，一隻眼睛閉着，從陽台一直看到書房。

葉老師正在電腦前寫作，仍然是那篇關於動物語言的論文。葉老師寫論文特別入神，外界的一切聲音都聽不見。

方便麪貓觀察一陣子以後，就放心地走到陽台上。她順着陽台欄杆，抓到了晾衣架，接着扯住了晾衣架上的裙子，那件胸前有着大口袋的粉紅背帶裙。

方便麪貓把掛曆貓皮拉從大口袋里拉了出來。

皮拉立刻大叫起來：「不能碰我，我已經被水弄濕了。」

可是，不該發生的事情已經在剎那間發生了。皮拉被方便麪貓拉成了碎片。

方便麪貓起初只是想把掛曆貓皮拉弄皺，沒有想到自己會把皮拉變成碎片。她有些害怕起來，如果米粒回來，一定會找她算帳的。她低着頭愣了一會兒，接着她開始為自己的行為尋找藉口。

「我只是想把他弄出口袋，沒有想把他撕成碎片，誰讓他不乖，大聲叫喚的。」

「他只是一隻不會捉老鼠的大腳貓，他是掛曆貓，不是真正的貓。」

「是米粒的媽媽把他變得濕漉漉的，不能全怪我的。」

「那個米粒還把我的鬍子都剪掉了呢。」

這樣想來想去，方便麪貓的腦子開始發漲，她只盼着主人方向早一些把她領回去，或者希望米粒在外婆家多住幾天，暫時不要回家。可是，米粒和爸爸只在外婆家待了半天，下午的時候，米粒和爸爸就一路哼着歌回家了。

媽媽停止了寫作。她站起身，看了一眼陽台上的貓，忙不迭地對米粒的爸爸説：「哎呀，我忘記給方向的貓沖方便麪了。」

方便麪貓像雕塑一樣坐在陽台上。

媽媽對米粒説：「我敢保證，她根本就沒有離開

過陽台。」

家裏所有的地方都沒有貓的腳印或者貓的毛，這讓媽媽很滿意。但是，米粒發現方便麵貓和早晨離開時的樣子完全不同：早晨她一副兇巴巴的樣子，用大大的眼睛瞪着米粒，而現在她緊張地、不安地坐在那裏，根本就不敢看米粒。

「她偷吃魚了？」米粒猜測着。不，米粒看見粉紅的連衣裙躺在地上，旁邊還有一些掛曆紙的碎片。啊，米粒從沒有像現在這樣發怒。她大叫起來：「媽媽，快把這隻貓趕出去，我不要看見她。」

媽媽對爸爸說：「女孩和貓的戰爭還是發生了。」

爸爸說：「那也不能把這隻貓趕出去，她是方向的模特，不是一般的貓。」

最後，媽媽說：「我也不太會照顧她，或許，我把她帶到我媽媽那裏更加好一些。」

儘管方便麵貓有些暈車，她還是乖乖地跟着米粒的媽媽去米粒的外婆家了。

米粒把掛曆貓皮拉的碎片一點兒一點兒撿起來，那洗白的尾巴還留在口袋的一個角落裏。然後她哭着給安迪打電話：「我的皮拉被方便麵貓害死了，變成了碎片。」

安迪說：「你們女孩子就是會流眼淚，就不會動動腦筋，為什麼不想辦法搶救他呢。」

米粒問：「那需要打 110 嗎？」

安迪說：「不需要的，只要請我來就可以了。」

米粒覺得安迪好偉大好偉大，趕緊說：「那你馬上就來。」

安迪來的時候，手裏拿着一支超級大的膠水。

「這是膠水先生。」安迪把膠水橫放在地板上，「現在我要請膠水先生幫忙，把我們的皮拉重新粘起來。」

掛曆貓皮拉真的還能復活嗎？

11 意外離別

10 月 25 日，老鼠班米告別了皮拉。小方阿姨也為她的畫找到了合適的背景，方便麪貓提出畫展結束就離開畫家方向。

復活以後的掛曆貓皮拉變得有些憂愁。因為膠水的緣故，他的身體變得比以前龐大。

他很擔心自己不能重新回到掛曆裏面。於是他開始想念那些到處流浪的朋友。

那隻小小的白貓，他現在不知道在哪裏流浪？還有白貓首領，他隱形以後需不需要有一個溫暖的家？

皮拉類似的想法越來越多了，以至於他變得越來越心事重重。

一個下午，安迪和米粒正在牆角下觀察螞蟻窩，皮拉獨自在附近散步。

小老鼠班米突然出現在他的面前，嘴裏嚼着口香糖。

皮拉說：「你不應該到這裏來的。」

班米說：「我只是擔心你，你好像太胖了。如果你長得太胖就不能回到從前住的掛曆上去了，掛曆上只有以前的空間。」

皮拉說：「這不是饞嘴的結果，我遇到了一些意外。」

班米說：「很久以前，我的祖先就告訴我，和人在一起準沒有好結果。除了我們的薔薇奶奶。」

皮拉說：「如果不能回掛曆，我的生命就只有 5 天了，一到 10 月 28 日，我就會消失。所以我就在這裏和你說再見吧。」

班米走的時候，用口香糖吹了一個大大的泡泡。泡泡破了，糊住了班米整張臉。這正是班米希望的，他不想讓皮拉看見他傷心的表情。

10 月 25 日，小方阿姨從外地返回了。

米粒的媽媽早早就接回了方便麪貓。

方便麪貓在外婆家的時候，常常和母雞阿黃爭搶地盤。母雞阿黃喜歡站在木柵欄上休息，方便麪貓也一定要在木柵欄上休息；母雞阿黃喜歡沿着河邊散步，方便麪貓也喜歡沿着河邊散步。結果，母雞阿黃追方便麪貓的時候崴了腳，外婆對方便麪貓也很有意見了。

「我説過，她是壞貓。」米粒對媽媽這樣説。

媽媽説：「不能在小方阿姨面前説她的貓，知道嗎？」

小方阿姨來領方便麪貓的時候，客氣地説：「我的貓給你們添麻煩了。」

爸爸大米畫家和媽媽葉老師一起説：「不麻煩，不麻煩。」

小方阿姨接着説：「這次外出，我終於找到適合貓的自然背景了。」

以前，小方阿姨畫貓的時候，背景都是城市或者森林。當貓出現在城市的夜空，貓像城市的窺探者，顯得緊張；當貓出現在森林，貓像具有魔法的幽靈，顯得太過狡猾。

直到小方阿姨見到了一幢別墅，這是一個村莊裏的別墅。小方阿姨馬上就畫下了那幢古老的別墅。

清晨的陽光透過天窗，照射進屋子的光束下飛舞着塵埃。光和塵埃靜靜地落在深棕色的籐椅上。屋外盛開着潔白的野薔薇。

小方阿姨説：「在這樣的背景下，貓和人類會是多麼親近。」

米粒的爸爸讚歎地説：「你是一位真正的畫家。」

小方阿姨快樂極了，她根本就沒有注意到方便麪貓一直都耷拉着腦袋跟在身邊，看上去一肚子的不開心。

小方阿姨說：「如果可以的話，我還想請您去參加我的畫展，畫展的名字是《我們身邊的貓》。當然還要邀請您夫人和米粒。」

米粒的媽媽非常願意接受這樣的邀請。她也正打算幫着策劃大米畫展。

方便麪貓低着頭跟在小方阿姨的身後。在鄉村的這段日子，她想了很多，她突然很想做一隻鄉村野貓，她試探着對小方阿姨說：「畫展結束，我想離開城市。」

小方阿姨說：「你想去鄉村玩幾天也行。我正好也要去那裏畫畫。」

方便麪貓說：「我是說，我想去任何地方，是的，沒有固定的地方，也沒有固定的住處。」

小方阿姨愣了愣，她覺得太意外了。自從她在街頭把方便麪貓領回家，她們就一直在一起，她已經把方便麪貓當成家裏的一員了。

小方阿姨歎了歎氣，說：「我從沒想過你會離開。你吃什麼都不在乎，餓一些也不亂叫，沒有比你更加

容易養活的貓了。」

方便麪貓說：「我不是一隻好貓，我弄壞了你好多雙襪子，還撕碎了米粒的掛曆貓皮拉，另外我還常常和母雞阿黃打架。」

小方阿姨說：「如果你覺得你喜歡過流浪的生活，我可以同意你離開我，但是，如果你因為做錯了事情而懲罰自己，那我不會讓你走的。」

12
咖啡店的畫

10 月 28 日，是畫面上或者掛曆上的貓返回的日子。皮拉在這個時候給大家講故事，他不想讓故事和他一起消失在風中。

10 月 28 日，掛曆貓皮拉本來要回到他的掛曆裏去的。可是，他身上有太多的膠水，身體太龐大，已經無法回到掛曆中去了。

皮拉心裏想着老鼠班米的話：「記住，10 月 28 日，是你返回掛曆的日子。否則就會消失在風裏。」

小眼鏡安迪原本以為自己救下了皮拉。可是，他的膠水先生只能讓皮拉的生命延長到 10 月 28 日。

也許在白天，也許在半夜，皮拉將消失在風裏。

皮拉問米粒：「我離開你以後，你還會記得我嗎？」

米粒說：「我會保存那本掛曆。」

皮拉傷感地說：「如果你看見白貓首領，請告訴他，放過我的朋友老鼠班米。」

這話讓米粒和安迪聽了非常傷心。一輩子都沒有

捉住過老鼠的大腳貓皮拉仍然惦記着老鼠班米，誰讓他們是一起生活過的朋友呢。

最後，米粒和安迪決定不去想皮拉會消失的事情，他們決定帶皮拉去參觀小方阿姨的畫展。

小方阿姨的畫陳列在長江路東面的咖啡屋裏，距離長江路小學只有 100 米的距離。米粒班裏的很多同學上學的時候會經過這個咖啡屋。

本來，這個畫展和長江路小學也沒有什麼關係，但是，28 日清晨，長江路小學的學生——那個叫馬加力的同學——很誇張地在班級裏宣布了一件怪事：

「那個咖啡屋門口掛了一幅畫，畫上有一幢別墅，別墅前面開着一些白色的薔薇花，花的旁邊本來是有一隻鬈毛黃貓的，可是，今天早晨，畫上的貓不見了。」

大家都不太相信，所以大家都去咖啡屋前面看畫了，只看見畫面上有一個白色的虛影，看起來原本是應該有一隻貓坐在別墅前的。

關於畫上走失了貓的話題就這樣在長江路小學傳開了，大家還特意提到那幅畫的名字：《薔薇別墅的貓》。

高校長一直都側着他的光頭，努力想聽清這條新聞。

夏老師悄悄告訴文新雨：「很久很久以前，高校長在一幢薔薇別墅裏住過一段時間。而薔薇別墅在哪兒，連高校長也說不清了。」

文新雨覺得高校長挺可憐，連自己住過的地方都找不到了，就告訴了米粒。

米粒說：「這只需要問問小方阿姨就可以了。」小方阿姨外出了 2 天，就是在這幢古老的別墅裏度過的。

米粒和爸爸、媽媽去看畫展的時候，只看見那張白色虛影的畫。

小方阿姨說：「這是非常意外的事情，我也不知道怎麼回事。前幾天，方便麪貓說想去做流浪貓。昨天早晨，她突然就離開了。更想不到的是，畫上的貓跟她一起走了。」

畫上的貓啊，她為什麼在 10 月 28 日走了？她知道不知道如果她今天不返回，就會消失在風裏？

不管怎樣，小方阿姨畫上的貓走了。她在咖啡屋的地上留下了一行行彩色的腳印，永遠地消失了。

關於薔薇別墅，米粒這樣問小方阿姨：「小方阿姨，你真的在薔薇別墅住過嗎？」

小方阿姨很認真地點點頭。

米粒說：「那你一定知道去的路了？」

小方阿姨說：「不知道，我走出森林以後，就再也找不到那幢別墅了，那幢房子究竟在哪個方向都弄不清楚了。」

啊？一個名字叫方向的畫家都找不到曾經居住過的別墅，連大致的方向都說不準。

而皮拉卻說：「這幢別墅永遠也不會消失。本來，我和老鼠班米是會永遠守衛着這幢別墅的。而且我們回到別墅的方法非常簡單，只要向着畫面上的別墅走去，走着走着，就到了。」

米粒想起，她家掛曆上的別墅，就是眼前的這幢別墅。仔細看起來，小方阿姨畫的別墅應該是別墅的正面，而掛曆上的別墅應該是別墅的側面。

關於這幢別墅的故事，皮拉想講給大家聽。他說：「我不想讓這個故事和我一起消失在風中。」

大家在咖啡屋坐下來，皮拉坐在地毯上。他的面前放着一杯咖啡，冒着熱氣。這樣的氛圍讓大家暫時忘記了皮拉即將離去的現實。

皮拉就在這個午後給大家講述了一個關於他、老鼠班米和這幢別墅的故事。

13
薔薇別墅的故事

一個發生在很久以前的故事，老鼠班米、黑貓皮拉曾經和人共同居住在薔薇別墅。這個故事和高校長也有些關係。

這是一個發生在很久很久以前的故事……

老小姐薔薇獨自住在城郊的一幢別墅裏。她很少説話，曾經收養過蝸牛、鳥、狗和一個年輕的男人……但是，他們只是在別墅裏養好他們的傷口，然後就離開了，再也沒有回來過。

一個冬天，薔薇小姐收養了一隻老鼠。老鼠的名字叫班米，他最大的愛好就是搬別人的米。所以，他是一隻不受歡迎的老鼠，流浪了很多年。為了結束這種生活，他拖着他的小皮箱敲開了薔薇別墅的門。

薔薇小姐看了看班米破舊的皮箱，皮箱的四個滑輪已經少了一個，看起來經不起拖拉了。於是，薔薇小姐説：「如果你保證不咬壞我的木柵欄，不咬壞我的窗簾，我就同意你住在這裏。」

班米保證自己不咬木柵欄和窗簾，如果牙齒實在癢癢了，他可以到屋外找一些高粱稈之類的嚼一嚼。

薔薇小姐覺得班米至少會住到第二年春天，所以她準備了足夠吃整個冬天的麪包和果醬。當她和班米面對面坐在餐桌旁的時候，她很高興這個冬天有一個伙伴。

班米把自己的房間安排在地窖裏，這是他自己的選擇。儘管這樣，他那些野外的田鼠朋友仍然稱呼他為住在別墅裏的班米。

到了春天，班米再也不願意離開地窖。他太喜歡那裏的瓶瓶罐罐了。他把別人的米搬回來，裝在那些罐子裏，還用瓶子釀米酒。他不再和薔薇小姐一起坐在餐桌旁吃飯，而是喜歡在地窖裏把自己喝得大醉。

直到有一回，薔薇小姐到地窖裏來取果醬，發現班米直挺挺地躺在地窖的樓梯旁一動也不動。薔薇小姐搖着頭說：「哦，可憐的班米，好久沒有看見你了，但是，我知道你一直就住在這裏。儘管你有些缺點，我也不會把你丟出去餵貓，我會好好埋葬你。」

薔薇小姐在一簇潔白的薔薇花下面挖了一個小小的坑，然後拎着班米長長的尾巴，準備把他埋葬在這裏。這時候，班米醒過來了，他看見薔薇小姐流淚的眼睛。班米驚呆了，他從來沒有想過，會有人為老鼠的死流眼淚。

班米決定改變自己的生活方式，他要好好地陪伴着薔薇小姐。

可是，黑貓皮拉突然出現了。作為一隻貓，皮拉最大的缺點是不會輕聲走路，因為這個，他一輩子沒有抓住過老鼠。

他對薔薇小姐說：「我是一隻碌碌無為的貓，現在我老了，沒有人願意收留我，請你留下我吧。」

薔薇小姐說：「我理解你，但是，我這裏已經住了一隻老鼠，我不希望我的別墅裏天天發生戰爭。」

皮拉很生氣，開始發脾氣。半夜裏，他大聲地在別墅的屋頂上走路，他讓高大的身影順着月光投射在別墅的地板上。但是黑夜裏最讓人害怕的是孤獨，皮拉的這些舉動薔薇小姐並不在意。

皮拉就在別墅的籬笆上竄來竄去，把薔薇花瓣打得漫天飛。在拍打薔薇花的時候，皮拉把自己的爪子弄傷了。

薔薇小姐把皮拉抱進別墅，取出白紗布，把他受傷的四隻黑爪子一層一層包起來。

班米在這時候開始收拾自己的皮箱。他對薔薇小

姐説：「我又要去流浪了。我走了以後，您讓皮拉住進來，他比我更加適合您。」

班米伸出他的手。他戴了一副小小的白手套，和皮拉纏滿紗布的爪子拉了拉，然後就離開了薔薇別墅。

許多年以後，班米經過了很多地方。他釀造的米酒常常讓貓喝醉，但他自己從來沒有再醉過。他想念着薔薇小姐。他突然很擔心黑貓和蝸牛、鳥、狗一樣，養好了傷就離開薔薇別墅。

他焦急地回到薔薇別墅，看見那隻走路大聲的黑貓皮拉靜靜地坐在薔薇花下面，花瓣一片一片落在黑貓身上，但是黑貓仍然一動也不動。

皮拉——這隻從來沒有抓住過老鼠的貓看着老鼠班米，眼睛裏流出淚水。班米明白他已經再也見不到薔薇小姐了。

他——流浪了許久的老鼠班米，也靜靜地坐在薔薇花旁邊，流着眼淚，就像許多年以前薔薇小姐為他流淚一樣。

14 回到畫面

地理學博士高校長一輩子都找不到的地方，居然被小方阿姨畫出來了，掛曆貓皮拉也因此回到了畫中的薔薇別墅。

皮拉的故事講完了，他長長地鬆了一口氣。

米粒明白了，她家掛曆上的圖就是故事結尾的情景，也就是小方阿姨畫上的情景。

大家都轉身去看那幅畫，卻看見了一個高高的鼻子。

「高校長。」米粒叫起來。

高校長的後面還跟着夏老師、小眼鏡安迪和文新雨。

高校長高高的鼻子像胡蘿蔔一樣紅紅的。他盯着畫面，激動地說：「那個養過傷的年輕男人就是我。」

高校長是一位地理學博士，曾經在一次野外測量的時候，摔傷了腿，是薔薇小姐幫他包紮了傷口。

高校長走的時候，對薔薇小姐說：「我是一位地理學博士，我的論文結束以後，我還會回到這裏來看你。」

薔薇小姐心裏非常捨不得年輕的博士離開，但她只是笑了笑。

一年以後，高校長重新返回野外，竟然找不到通往薔薇別墅的路。一位地理學博士竟然迷路了，這讓人覺得不可思議。

從此以後，高校長很少出門。

夏老師説：「怪不得，校長很少出現在學校以外的地方。原來是怕迷路啊。」

文新雨説：「原來米粒講的貓節和掛曆貓皮拉是真的，我們一直以為米粒在説謊。」

夏老師也承認錯怪了米粒。

皮拉説：「能認識你們真高興，不過現在我要和大家説再見了。」

小眼鏡安迪和米粒拉住皮拉，大家都不願意皮拉消失在風中。

小方阿姨突然説：「讓我試試，也許我能幫助皮拉回到薔薇別墅。」小方阿姨拿出她的調色盤，再拿來一枝特大號油畫棒，然後，用黑色顏料在皮拉的身上刷了一遍又一遍。

皮拉說：「請把尾巴上的白色標記留下來。」

小方阿姨還給皮拉畫了一個粉紅色的領結，然後說：「去吧，皮拉，走進我的畫中。」

皮拉就這樣走了進去。

高校長也想跟着走進去，但是，他被畫面上的玫瑰刺到了：「哎喲。」高校長只能退回來。

夏老師為高校長包紮手指，說：「你雖然在別墅裏住過，但是仍然不屬於別墅的一員，你屬於長江路小學的。」

大家看見畫面上重新有了一隻黑色的貓。

第二天，米粒剛剛走進教室，就聽見馬加力宣布：「咖啡店門口又出了怪事了，那幅畫上的黃色鬈毛貓變成了黑色的貓。如果不相信，你們趕快去看，今天是畫展的最後一天了。」

是的，早晨，米粒經過咖啡店門口的時候，又特意看了那幅畫。黑貓皮拉靜靜地坐在別墅前，當然沒有老鼠班米，米粒想：班米或許在地窖裏釀酒呢。

畫展結束，這些畫將被運到別的城市甚至是別的國家去展出，最後也許會被拍賣。

於是米粒輕輕地對着畫面說：「再見，可愛的大腳貓皮拉！ 10 年以後，無論在什麼地方，你都會飛回來見我嗎？」

米粒只能看見畫上的皮拉的背影，看不見皮拉的眼神。

但她突然看見皮拉有一點兒白的尾巴迅速地搖了一下。

「啊，你是告訴我，我們還會見面的，對嗎？其實，能不能看見你並不重要，重要的是我們一起生活過。我們是朋友，永遠都是。」

米粒還想起了白貓首領——那隻説話充滿哲理的隱身貓，還有方便麪貓——那隻調皮的漂亮的貓，還有那隻被人類拋棄的小小白貓。也許會在某個清晨，你在街頭或者在公園的角落裏忽然就遇見了他們，也許，在某個夜晚，他們輕輕地經過了你的屋簷。

總之，米粒相信，貓咪會用各種各樣的方式和人類相處在一起，從來都不遠離。

15
故事以外的故事

關於掛曆貓皮拉的故事已經講完了，不過，皮拉仍然會有新故事，他說不定會在什麼時候又出現在米粒或者我們的生活中。

關於掛曆貓皮拉和米粒的故事結果是這樣的：

11 月 1 日，是高校長的生日。這天，米粒走進校園，一眼就看見一幅畫，正是那幅《薔薇別墅的貓》。小方阿姨外出辦畫展的前一夜，決定把這幅畫送給長江路小學的高校長。

掛曆貓皮拉現在就住在高校長辦公桌後面的那幅油畫裏。

米粒相信，10 年之後，她，或者和她一樣幸運的男孩或者女孩會再次遇到掛曆貓皮拉，那將是皮拉新的故事。米粒希望新的故事中多一些快樂，少一些歷險。

下面是和皮拉無關的一些想法：

米粒常常想：「自己可能還會遇到更多的新朋友。

假如她獲得關於別的節日的消息，比如獅子的節日，那她就有可能會遇到一頭從座枱曆、手錶或者時鐘、計算器等地方走出來的獅子。照這個辦法，她還可能遇到狗、馬、牛等朋友。」

米粒相信，他們像精靈一樣生活在時光的隧道裏，他們會從鐘錶、座枱曆等一切計算時間的工具裏走出來。

關於他們的故事，一定仍然是非常有趣或者非常離奇的。

當然，米粒還不能忘記在清晨前、月底或者年底之前讓他們返回，否則，他們將會消失在空氣裏。

第2章

米粒和糖巫婆

有一位女巫，手裏拿着的不是掃把，而是一個超級棒棒糖，如果你願意稱呼她糖巫婆，她會非常樂意。長江路小學三（7）班的學生米粒就曾經遇見過她。

01 兔子卡蘿

米粒第一次在野外過夜，遇到了會説話的兔子卡蘿。卡蘿是膽小的兔子，只相信跑得比他快的生物。

米粒要第一次在野外過夜，這讓她的同學都羨慕極了。

文新雨問：「你們一家在森林裏採野菜和野蘑菇吃嗎？」

「當然，我們帶了鍋去的。」米粒想起那口黑漆漆的鐵鍋，覺得鐵鍋還不夠舊，如果缺掉一個口子就更加好了。

「真棒！」文新雨晃動着小辮子，很羨慕米粒，接着説，「不過，我聽説森林裏有毒蘑菇的，你一定要小心哦！」

這一點米粒不用擔心，因為她媽媽是大學裏的生物教師。

男孩馬加力擠上來説：「晚上也睡在野外嗎？」

米粒説：「是的，我們帶了帳篷的。」

馬加力神秘地說：「聽説森林裏有狼，要在帳篷外面生一堆火，這樣，狼就不會來了。」

這讓米粒有些擔心，因為她的爸爸不是獵人，爸爸只會背着畫板，扛着他的大畫筆，脖子上再掛一個相機，比起獵人來，差得太遠了。所以，當他們來到森林裏的時候，米粒提醒爸爸：「爸爸，我們一定要撿足夠的柴火生火，防止狼的攻擊。」

爸爸和媽媽都同意米粒的提議。大家決定先去撿柴火。

米粒在撿柴火的時候，遇到了兔子卡蘿。

卡蘿剛看見米粒的時候，很擔心米粒會傷害他，只把耳朵和頭伸到泥洞的外面。

他用很輕很輕的聲音問米粒：「你確定用柴火生火就能預防狼的襲擊嗎？」

米粒還不能肯定這聲音是兔子發出來的，因為她不相信自己能聽懂兔子説話。她説：「如果真的是兔子先生在説話，那麼請你把耳朵擺兩下。」

卡蘿擺了擺他長長的耳朵。

米粒肯定自己真的能聽懂兔子的語言了，並且她還肯定這是一隻膽小的兔子。

她放下手裏的枯樹枝，用同樣輕的聲音回答卡蘿：

「我不能非常肯定，這是馬加力說的。」

卡蘿就從泥洞裏出來，繞着樹林裏的樹奔跑了一圈，然後問：「馬加力有我跑得快嗎？」

米粒想起馬加力胖胖的身材，想來也不會比兔子跑得快。就回答說：「當然沒有你快。馬加力只有兩條腿，而你有四條腿。」

說完，米粒就覺得自己說的話是有問題的，腿的多少不能決定速度的快慢，烏龜也是四條腿，未必能跑得過馬加力，不是嗎？

卡蘿並不計較米粒說得對不對，他聽說馬加力沒有他跑得快，所以就說：「那就不能太相信他的話了，我只相信跑得比我快的生物。」於是，米粒開始喜歡這隻跑得比她快的兔子。

卡蘿帶着米粒在森林裏到處走：「不用擔心迷路，這個森林裏沒有狼，我在這裏生活了很多很多年了，這裏的每一條路上都有我的記號。」看來，馬加力的擔心是多餘的。

米粒跟着卡蘿走了一段路，知道卡蘿是如何做記號的了。卡蘿在狗尾巴草的下面留下自己的大便。

米粒說：「你像狗一樣聰明。」她在書上看見狗都是這樣在路邊做記號的，只是書上沒有說兔子也這

樣。

卡蘿問：「狗跑得比我快嗎？」

米粒回答説：「可能比你快。」

卡蘿很高興，他相信狗能跑得快是因為腦子轉得快，腦子轉得快就説明很聰明。

02
沒有狼的森林

兔子卡蘿帶着米粒進入森林，他們遇到的枯樹和草全部都是會説話的，這也讓卡蘿覺得神秘。

卡蘿帶着米粒來到小溪流邊上，岸邊躺着一些鵝卵石。一段枯的樹木躺在鵝卵石的上面，枯樹上面有一些黑色的木耳。

米粒想要把這些木耳採下來。

這時候，米粒聽見一個很蒼老的聲音傳來：「別採這些木耳。」

米粒望着四周，問：「你是誰？是躲在樹後面的狼嗎？」

蒼老的聲音説：「我不是狼，這是沒有狼的森林。我是傷心的枯樹。」

説話的居然是那段枯樹，就連卡蘿也感到意外。

枯樹説：「我是一棵運氣不好的樹，在森林裏歪歪扭扭地生活了很多年，有一天被鋸了下來，因為長得彎，被遺棄在這裏。」

哦，原來是被遺棄的樹木，就像城市的街頭有被遺棄的小狗、小貓一樣，森林裏也有被遺棄的樹木。

枯樹繼續説：「我以為我的生命就這樣結束了。可是，有一天，我的身上長出了這麼多黑色的木耳，他們讓我重新聽見了聲音。」

米粒明白了，這些木耳是枯樹的耳朵。

枯樹説：「我被鋸下來以後，留下了一個**樹墩**①。我的樹墩一共有 10 圈年輪，如果你們看見了它，告訴它我很惦記它。」

卡蘿説自己整天在森林裏跑，一定有機會看見 10 圈年輪的樹墩。

米粒説自己也是 10 歲，如果遇到了 10 圈年輪的樹墩，一定會和它打招呼，並且告訴它關於樹的故事。

枯樹「呵呵」地笑了，笑得很難聽。

米粒也笑了，她願意看見傷心的枯樹笑起來。然後，她對卡蘿説：「既然這樣，我們還是去挖一些野菜好了。」

卡蘿説他知道一個有很多野菜的地方。卡蘿常常在那裏美餐一頓，不過不知道是否合人的口味。

米粒想想也是，兔子能吃的，人可不一定能吃。

---

① **樹墩**：樹木被鋸去樹幹後，剩餘最靠近根部的部分。「墩」：粵音「噸」。

不過，米粒很快就發現了**響鈴草**[1]。米粒告訴卡蘿，這是人常常吃的野菜。

卡蘿非常高興：「那太好了，我建議你繼續吃這種響鈴草。有一回我消化不良，吃了響鈴草就好了。」

於是，米粒決定去挖一棵長得肥肥的響鈴草。可那棵響鈴草突然說：「別挖掉我，我已經5歲了。對於一棵草，活到5歲是多麼不容易。」

啊，卡蘿感到更意外了。他在森林裏生活了很多年，只知道這個森林是沒有狼的森林，一直都不知道這裏的枯樹和草都是會說話的。

響鈴草繼續說：「卡蘿每年都來這裏吃草，但他從來不吃我們的根，他只吃掉一些葉子。」

卡蘿的神情從奇怪變為得意。他擺了擺耳朵，說：「瞧，我們兔子沒有給草帶來災難，我們是相依為命的。」

卡蘿和草開始有說不完的話了。

他對一株**車前草**[2]說：「我知道你的名字，你叫車前草，你的葉有些苦，有的時候，會讓我反胃。」

---

① **響鈴草**：生於野間，是草藥的一種。花朵就像一個小小的鈴鐺。

② **車前草**：一種草本植物，很久以前被人們當作藥物使用。由於葉子形狀像飯匙，也有人稱它是「飯匙草」。它的葉子亦可供食用。

車前草對卡蘿説：「我也知道你的名字，你叫卡蘿，你吃草的時候常常發出『吧唧吧唧』的聲音。」

卡蘿有些不好意思地抿了抿他的三瓣嘴。

他又對一棵曼陀羅説：「我知道你很漂亮，但是，你是有毒的，我不會碰你。」

曼陀羅説：「很高興你不碰我，我可以把我的果實送一個給你。」曼陀羅的果實像一個刺毛球，粘在了卡蘿的短尾巴上。

卡蘿和這些草雖然都是第一次説話，彼此卻都像是老朋友一樣。

米粒不想打斷兔子和草的對話。反正這裏是沒有狼的森林，她決定獨自往前走。

在一條小路邊，她看見一棵很大很大的蘋果樹，蘋果樹上結了一個蘋果。啊，這太好了，米粒在體育課上學過爬杆，她決定像猴子一樣爬到樹上。

03 糖巫婆

蘋果樹下出現了一個女巫。她已經800多歲了，舉着一個超級棒棒糖。她讓米粒留在森林裏陪伴她。

當她爬到樹杈上的時候，向下望了望，發現自己離開地面已經很遠了。

蘋果樹下，站着一位仰着頭的老太婆，頭髮像一堆灰白的亂草，用一塊彩色格子的花布包紮着，鼻子像啄木鳥的嘴巴一樣尖。她的身體一定很瘦。因為米粒是趴在樹幹上往下望的，所以看不清她的身體，只看見一張滿是皺紋的臉和她手裏舉着的一個大棒棒糖。

米粒覺得有趣，輕輕地笑了一聲。

她想：「或許，我遇見巫婆了？就像傳説中的那樣，巫婆在森林裏住了幾百年？或許更長的時間——幾千年？」

真沒想到這個沒有狼的森林裏居然有女巫。

女巫手裏拿着的不是掃把，而是一個超級棒棒

糖，和所有的糖一樣，很甜也很黏。如果你願意稱呼她糖巫婆，她會很樂意的。

糖巫婆喜歡用超級棒棒糖粘東西，比如：她在樹底下睡覺，那麼她的超級棒棒糖上面一定粘滿了樹葉；她從玩具店經過，那麼她的棒棒糖上一定粘滿了玩具，像一棵掛滿禮物的聖誕樹。

糖巫婆用超級棒棒糖指着樹杈上的米粒，尖聲說：「知道嗎？森林裏的甜東西都是我糖巫婆的。」說完，她用超級棒棒糖粘住了米粒。

米粒被糖巫婆舉到了半空中，她的裙子裏灌滿了風。這終於讓米粒害怕起來，大聲地叫着：「放下我，快放下我。」

糖巫婆哈哈大笑起來，這笑聲讓人聽不出是高興還是生氣。米粒覺得整個森林在旋轉。

笑完後，糖巫婆說：「怕了吧？告訴你，我最討厭笑得甜甜的女孩了。在世界上，甜的東西都應該屬於我——糖巫婆，包括樹上的蘋果。」

糖巫婆說話的時候，順便舉起超級棒棒糖，把樹上的蘋果也粘了下來，洗都不洗，就開始「咔嚓咔嚓」地咬着吃。

等吃完了，她又把頭仰起來問：「現在我問你，你看見我為什麼要笑？是不是因為我沒有拿着掃把，所以你不相信我是女巫？告訴你，我是一位真正的女巫，在森林裏住了 800 年了。」

米粒大叫着回答她：「我沒有説你不是真正的女巫。我一看就知道你是一位真正的女巫，雖然你沒有拿着掃把，不過我覺得你沒有別的巫婆那樣可怕，她們有時候會帶着蜥蜴、蛇或者癩蛤蟆。」

糖巫婆聽完愣了愣，説：「你為什麼不哭？你不怕我？既然你不怕我，就跟我回家。知道嗎？我要結束孤單的生活。」

米粒可不想和這個女巫住在一起。她在棒棒糖上掙扎着：「不，不，我不想跟你去。我住在城裏，我每天都要上學，我沒有時間。這會兒，兔子卡蘿還在草地那邊等着我。」

米粒覺得自己馬上就要哭了，但是，她不想當着壞人的面哭。是的，這個糖巫婆是個壞傢伙。

糖巫婆好像根本就沒有聽見。她舉着棒棒糖開始奔跑起來，像風一樣。米粒只聽見風吹着自己的裙子，發出「嘩啦啦」的聲音。

等糖巫婆慢下來的時候，米粒看見一個陳舊的路牌：女巫森林。

女巫森林裏所有的樹的年紀都是 800 歲以上了。800 年了，糖巫婆不讓小樹生長，她只讓老樹陪着她一起老。老樹的樹皮皺皺的，和糖巫婆的皺紋一樣。

04 城裏的貓頭鷹

糖巫婆把米粒放在一棵空心樹的上面。為了能擺脫被困在森林裏的情況，米粒決定用城裏的貓頭鷹來支走糖巫婆。

糖巫婆在一棵空心樹下停止了奔跑。她把米粒卡在樹杈裏。

「你會習慣這裏的。」糖巫婆說，「我就住在這個樹洞裏，而你將住在我的頭頂上，別指望溜下來，這是一棵空心樹，我能很清楚地聽見樹上的一切聲音。」

的確，一棵空心樹，聲音會在空了的樹幹中間迴蕩，就算是鳥的爪子碰碰樹幹也能傳到糖巫婆的耳朵裏。

像鳥一樣留在樹上是很糟糕的事情哦。天黑以前，米粒必須想辦法溜下樹，要不然，晚上瞌睡了會不小心從樹上掉下來的。

「這裏為什麼沒有鳥？」米粒用很輕很輕的聲

音問糖巫婆。她想試試糖巫婆的耳朵是不是真的很靈敏。

糖巫婆立刻用很輕很輕的聲音回答：「我喜歡安靜，那些鳥實在太吵了。」

看來，想在糖巫婆眼鼻子底下逃出去實在是太難了。

唯一的出路就是要把糖巫婆支開。

米粒在樹杈裏坐穩了，用紅皮鞋的後跟跺跺樹幹。

糖巫婆的長鼻子就從樹洞裏探出來了。她尖聲叫着：「安分些，小姑娘。」

米粒說：「我只是想提醒您，您需要一隻貓頭鷹——晚上不睡覺的貓頭鷹，它的眼睛是綠色的。」

糖巫婆嘀咕着：「聽起來，貓頭鷹像是挺不錯的寵物。可是，這個森林裏沒有貓頭鷹。」

米粒馬上說：「你就沒有想過去城裏看看？」

糖巫婆的聲音又尖起來：「你在騙我，城市裏怎麼會住着貓頭鷹？」

米粒說：「我真的沒有騙你。他的名字叫『滴答』，住在我們高校長辦公室的牆上。」

糖巫婆問：「你們高校長為什麼讓『滴答』住在

牆上，而不是住在樹上？」

米粒說：「因為『滴答』長得有些扁，而且高校長的辦公桌正對着牆壁，校長坐着辦公的時候，只要一抬頭就可以看見『滴答』了。」

糖巫婆有了要得到「滴答」的想法。「滴答」到底是一隻怎樣的貓頭鷹？是一隻長着棕色羽毛的貓頭鷹嗎？哦，她不會嫌他長得有些扁的。

她越來越想得到這樣一隻住在城裏並且有名字的貓頭鷹了。

哦，她一刻也不能等了，她決定在天黑以前去城裏一趟。看情形，糖巫婆是非要在今天得到貓頭鷹「滴答」了。

米粒想：「如果高校長一抬頭發現他的『滴答』不見了，該是怎樣的一副表情。是他的眼鏡掉下鼻樑，還是他的嘴巴變成一個『O』形？」

米粒沒有想過她這樣做會不會給高校長帶來麻煩，真的沒有想過。在她的腦子裏，校長就是可以決定一切問題和解決一切問題的人。

糖巫婆拿出格子花布把亂草一樣的頭髮重新紮好，把金黃的尖頭鞋擦得很亮很亮，最後騎上她的棒棒糖出發了。

她飛過幾棵樹又退回來問：「高校長什麼時候會離開學校？」看來，糖巫婆不想遇到校長先生。

米粒站在樹上回答：「高校長從不離開學校。」

米粒走進校園的時候，高校長就站在學校的門口或者操場上了，放學的時候，高校長還在他的辦公室裏。米粒從沒想過高校長會出現在學校以外的任何地方。

糖巫婆飛遠了，留下一句話：「這會有麻煩。」

05 尖鼻子家族

糖巫婆居然和高校長同樣都是尖鼻子家族的成員，這絲毫不能動搖糖巫婆得到「滴答」的決心。

米粒相信糖巫婆會有些麻煩了。

高校長可不是一個容易對付的人。儘管高校長其實是個矮個子，而且還很瘦，但是，學校裏所有的學生、家長和教師見了高校長都得鞠躬或者敬禮。

如果糖巫婆遇見了高校長會怎樣？最主要的是糖巫婆會發現，高校長也有一個像啄木鳥一樣的尖鼻子。

糖巫婆去過城裏的玩具店、麪包店和茉莉劇院。

她喜歡玩具店和麪包店，那是好吃又好玩的地方。

至於茉莉劇院，糖巫婆已經發誓再也不去了。她坐在漆黑的角落裏看影片**《海的女兒》**[①]，她不斷地歎氣，她不能忍受人魚姑娘變成泡沫。

---

① **《海的女兒》**：是安徒生的創作的童話，也譯為《人魚公主》。

為了繞開茉莉劇院，糖巫婆在城裏多繞了一些路。

最後，她到達學校的時候已經是傍晚了。

夕陽斜斜地照在高校長辦公室的窗戶上，一直投射到地板上。

高校長坐在辦公桌後面的轉椅裏，眼睛從鏡片後面看着對面的牆面。一陣風吹來，桌上的一張信紙吹到了地板上，高校長好像一點兒也沒有察覺。

糖巫婆站在窗戶外面，正好看見高校長的臉，她很吃驚高校長也有一個尖尖的鼻子。

糖巫婆看過一本關於尖鼻子家族的書，書上記載的尖鼻子家族成員有：女巫、魔法師、雜技演員、廚師、國王、小偷和教師。除了雜技演員和廚師的鼻子仍然有特殊功用（雜技演員的尖鼻子是用來頂盤子或者球之類的，而廚師的尖鼻子讓廚師對菜的味道特別敏感），其他成員的鼻子已經毫無用處。

但是，這仍然可以説明，糖巫婆和高校長是一個家族的成員。

那又怎樣？這絲毫不能動搖糖巫婆得到「滴答」的決心。

國王不是照樣下令把小偷抓進監獄嗎？國王從來

不在法律文件上加這樣一條：凡是尖鼻子小偷就可以放過。

「你是來找我的嗎？你可以敲敲門，然後進來。」高校長把目光從對面牆上移到了太陽照射的地板上。他已經看見從窗口投射在地板上的糖巫婆的身影了。

糖巫婆正急着要進門，她看不見高校長對面的牆，她想：「牆上掛的，一定就是米粒説的『滴答』了。」

糖巫婆進玩具店、麪包店和劇院的時候，走的是玻璃旋轉門，一直走了很多圈才進了店，而高校長的門是笨重的木門，糖巫婆決定使足力氣撞進去。

糖巫婆在地板上的黑色身影變成了彩色的人影。的確，糖巫婆的衣服就像一張彩色的糖紙。她的棒棒糖立刻就粘住了地板上的那張信紙。

糖巫婆一眼就看見信上的字了，那是魔法師的字。真的，尖鼻子的魔法師都是這樣寫字的：

§ Ω ζ ∽ ξ ∫ § δ ε ω Ȣ £ ¢ & &

好像他的字都是用細線繞的。

信的意思是：「10 月 10 日是 10 年一次的貓節，

到時候，你的學校裏會出現奇怪的貓，還要小心巫婆來搗亂。」

高校長立刻叫起來：「哦，別相信信上説的。我對貓沒有偏見，對您也沒有。」

糖巫婆把信紙撕爛，不讓一點兒留在她的棒棒糖上。然後把棒棒糖指向牆面，説：「你不用解釋，我也不會到學校搗亂。説實話，巫婆喜歡貓早已經是過去的事情了，現在升級了，我想要的是貓頭鷹。」

糖巫婆説完連着打了幾個嗝。她有些生氣，因為她覺得尖鼻子家族對於巫婆一直都有些誤解。

而高校長，這個尖鼻子老頭，在忙碌了一天之後，坐在辦公室裏喝喝茶，他一點兒也不明白為什麼會在這個時候，有一個和他同樣有着尖鼻子的女巫，跌跌撞撞地進了他的辦公室，還一個勁地向他要貓頭鷹。他的嘴巴變成了一個大大的「O」形，眼鏡滑落到鼻子尖，讓人感覺尖鼻子是承受驚訝最好的鼻子。

06
關於「滴答」

糖巫婆發現「滴答」是鐘的名字，她一個 800 多歲的女巫，居然被一個只有 10 歲的小女孩矇騙了。

過了好半天，高校長回過神來。他很奇怪地問：「女士，你說的貓頭鷹，這裏的確是沒有的。我這裏只有一個貓頭鷹鐘。您是想要得到一個掛鐘嗎？」

糖巫婆揮着她的超級棒棒糖說：「我要的是名字叫『滴答』的貓頭鷹。天哪！一個時鐘的名字會叫『滴答』？噢，聽起來就是這樣，事實上也就是這樣，『滴答』就是一個鐘的名字。」

糖巫婆覺得很氣惱，一個接着一個地打嗝，就像吃了很多東西被噎着了一樣。像她這樣活了很長時間的女巫，大約是 802 歲或者是 805 歲，具體多少連她自己也有些記不清了，居然被一個只有 10 歲的小女孩騙了。

她氣呼呼地說：「就算『滴答』只是一個鐘，我也要了。我不能白來一次。」

高校長歎了口氣繼續說：「這個鐘跟着我很多年了，我一直都覺得它走得非常準確。可是這些天，我天天看着這個鐘，覺得它越走越快。」

糖巫婆繼續打嗝。她想：「真是夠倒楣的，連鐘也還是壞的。」不過，她還是不想空手回去。

她對高校長說：「哦，我會抱着它去找鐘錶修理工的。」

高校長搖了搖頭說：「這個城市裏最好的鐘錶修理工是蛤蟆先生，你認識他嗎？他拿着放大鏡繞鐘跳了三圈，很肯定地對我說：『伙計，這個鐘沒有問題。』」

糖巫婆聽不懂高校長的話了。

高校長摸摸額頭的皺紋，說：「看見了嗎？鐘滴答滴答地走着，告訴我一天又過去了，一年又過去了，我已經是老頭子了。」

糖巫婆也摸摸自己的額頭。她的額頭也有很多的皺紋，心想：「這麼說，我也老了？」

高校長說：「我總算想明白了，不是鐘跑得快，而是時間過得太快，我真不想讓時間這樣快就溜走。」

糖巫婆突然就放棄了要這個鐘的念頭，如果把這個貓頭鷹鐘帶回森林，每天聽着它「滴答滴答」的聲音，糖巫婆肯定自己會變成愁巫婆的。

糖巫婆和高校長道別：「我不要這個鐘了，我本來就是想要一隻貓頭鷹的。」

高校長突然說：「我有些替你擔心，不過也沒有特別擔心。米粒是個好孩子。」

糖巫婆吃驚地問：「你怎麼知道我和米粒在一起？」

高校長笑了笑，說：「她給我的鐘起了個名字，叫『滴答』。這個名字本來只有我們倆知道。」

糖巫婆又打了個嗝，氣呼呼地說：「原來這個米粒不但讓我受了騙，還讓我為她通風報信。我早該想到，『滴答』只是一個貓頭鷹鐘，而不是真正的貓頭鷹。」

高校長很平靜地說：「和這個小姑娘在一起，你要先問清楚她說的到底是什麼，比如，她說起米老鼠，千萬別以為是迪士尼的米老鼠，那是她的米老鼠牌書包。」

糖巫婆嘀咕起來：「真是見鬼，米老鼠不是老鼠，而是書包？哈哈，米老鼠難道是老鼠嗎？」哈哈，哈哈哈哈……糖巫婆嘀咕着嘀咕着就笑起來了。

糖巫婆笑的時候，就會餓。這是規律，只要她一

生氣，就開始打嗝，一笑就開始覺得餓。

城市裏的麪包店門開着，許多顧客抱着長長的棍子一樣的麪包從旋轉門裏出來。糖巫婆皺了皺眉頭，她現在沒有耐心走很多圈才進麪包店的門，所以，她決定用超級棒棒糖粘一些麪包。這非常容易，她只需要找到開着的窗戶就行了。

不一會兒，糖巫婆就得到了長長的棍子麪包。她和其他抱着棍子麪包的人一起消失在城市的大街上。

07
女巫森林

在神秘的女巫森林裏，米粒放走了被困的蜘蛛。她覺得這個森林非常神秘，這時候，她掉進了陷阱。

在神秘的女巫森林裏，米粒的肚子也餓了，她像猴子一樣從糖巫婆的樹上下來。

原來，糖巫婆像熊一樣住在樹洞裏，她的門口貼着一張樹葉留言條，上面有「我在家」三個字。米粒覺得這個糖巫婆很奇怪，在她出門的時候，特意要別人誤以為她在家。

米粒推開樹洞上的樹皮門，看到樹洞裏面有一個向下延伸的木梯子。木梯用粗樹枝紮成，很結實。

米粒順着木梯走下去，發現樹洞下面是一個寬敞的地下室，看上去這是糖巫婆的地窖。

地窖裏有很多雜物：舊箱子、放大鏡、麻繩、大大的剪刀和一些舊書。這些東西都蒙上了灰塵，顯然主人已經很久沒動他們了。

而這裏最多的是存放着的一個個木桶。這些木桶

是新的，有着金黃色的木紋，一點兒灰也沒有。木桶上還貼着商標：蜂蜜；產地：女巫森林。

有一桶蜂蜜被打翻了，蜜汁流了一地，粘住了一隻蜘蛛的腳，蜘蛛痛苦地掙扎着。

蜘蛛看見米粒立刻喊叫起來：「放開我，我不想留在這裏。」

米粒沒有想到樹洞裏還有一位被抓來的。

這是一隻灰色的蜘蛛。她的身體很胖很圓，臉上有幾道皺紋。她痛苦地說：「我是一隻經驗豐富的蜘蛛，我織的網每天都可以粘住很多很多的昆蟲。我從來也沒有想過自己也會有被粘住的一天。」

米粒安慰灰蜘蛛說：「這沒什麼奇怪的，連我都是被糖巫婆粘到這裏來的。」

不管怎樣，她決定先把灰蜘蛛救出地窖。

灰蜘蛛一到大樹的外面，立刻就瞇起了眼睛，因為她在地窖裏待久了，就連夕陽從樹葉間投射下來的光線都不適應了。

灰蜘蛛伸伸細長的腿，說：「這兒太可怕了，哦，我一秒鐘也不想留在這裏了。」

灰蜘蛛吐一根絲，把自己掛在絲上，借着風，她用力晃了晃，很快就消失在另一棵樹的樹幹後面。

米粒只聽見樹葉相互摩擦發出的「沙沙」聲，再也看不見灰蜘蛛，連絲也看不見了。

米粒突然覺得這個森林很神秘，像一個迷宮。

她走過了一棵樹，前面還有一棵樹，拐過了一道彎，前面還有一道彎。

那棵她原先見過的只結了一個果子的樹卻一直都沒有再看見。

她開始尋找兔子卡蘿的記號，但是，她連狗尾巴草都沒有再看到，地上只鋪着一層落葉。

黑色的岩石上爬滿了古老的藤蔓。藤蔓的葉子已經快落光了，只剩下相互糾纏的褐色的莖，莖上長出一些觸鬚，緊緊地抓住光秃秃的岩石，好像那塊岩石是這些藤蔓的俘虜。

米粒仰起頭，發現太陽已經從樹頂落到樹林後面去了。四周一片安靜，她只聽見自己走路時踩着落葉的聲音。

她一邊走一邊想：「鳥呢？這裏的鳥呢？或者蟲呢？」

這時，她腳下突然就踩空了，整個身體跟着掉下去。地面的落葉和她一起掉進了深深的陷阱。

「救命啊，救命啊！」米粒仰着頭，眼巴巴地盯

着洞口拚命地叫。可是，洞的外面是一片寂靜的森林，連一隻鳥、一條蟲都沒有。

米粒把目光從洞口收回。一個**土疙瘩**[①]緊接着從洞口滾了下來。幸虧是一個鬆的土疙瘩，它從洞口垂直砸在米粒的頭頂上，在她的頭頂散開了，泥土落在她的身上。

米粒顧不上拍身上的泥土，趕緊抬頭。天哪！她看見一張黑色的熊臉，毛茸茸的。

大熊用厚厚的熊掌在臉上做出很多怪樣子，一會兒把自己的鼻子擠到一邊去，一會兒又把眼睛變得很斜，還把嘴巴變得很大很大。

米粒覺得大熊像一位扮演小丑的演員，一點兒也不可怕，反而變得有些滑稽了，她笑了。

---

① **土疙瘩**：疙瘩，指一些小球形或塊狀的東西。土疙瘩即指球狀或塊狀的泥土。「疙」：粵音「屹」。「瘩」：粵音「答」。

08 大熊洛卡

一隻名字叫洛卡的大熊把米粒救出了陷阱，原來大熊也是被糖巫婆的超級棒棒糖粘來的。

大熊見米粒笑了，才用低沉的聲音和她打招呼：「很好，小姑娘，我喜歡看見我就笑的人，而不喜歡看見我就尖叫的人。不過，我脾氣不好，沒有耐心，你要迅速回答我的問題。」

米粒立刻回答：「我已經準備好了，你快問吧。」她覺得大熊這樣，像在做智力遊戲一樣。

大熊説：「我只問你三個問題。聽着，第一個問題是：你是剛剛掉進去的嗎？」

米粒想：「既然只問三個問題，就應該問關鍵點兒的問題，這個問題好像是可以不用問的。」

但是米粒仍然大聲回答：「是的。」

大熊説：「我想也是的，我上次掉下去的時候，開始也是這樣叫的，後來就沒有力氣再叫了。現在，你想離開陷阱嗎？」

米粒想：「這個問題好像也可以不用問的。」

但是她仍然用很響的聲音回答：「是的。」

大熊說：「最後一個問題是，你想讓我幫你嗎？」

米粒想：「這個問題同樣也是可以不用問的。」

但是她還是大聲說：「是的。」

米粒沒想到大熊的三個智力問題都這樣沒有知識含量，只需要用三個「是的」就對付了。

大熊說：「我掉進陷阱裏的時候，根本沒有人來問我問題呢，我獨自在陷阱裏待了整整一晚上。」

米粒說：「我不想在這個陷阱裏過夜，你快救我。」

大熊說：「糖巫婆看見了會懲罰我的，她會把我粘在棒棒糖上。」

天哪！原來，糖巫婆的超級棒棒糖連熊也是可以粘的。

不過米粒說：「別擔心，她到城裏去了，一時半會兒回不來的。」

大熊有些不太相信米粒的話，呆呆地站在陷阱的旁邊。

米粒開始着急了。她想起了繞在山岩上的藤蔓，問大熊：「你願意為我冒險嗎？」

大熊沒有回答，大熊一直都習慣別人回答他的問題，不習慣回答別人的問題。

米粒說：「如果你救了我，你就是英雄了，知道嗎？馬加力總說自己不是狗熊，是英雄。我可以把我的金幣巧克力給你，你將它掛在胸口，它像一枚勛章。」

大熊還是沒有說話。他離開洞口走遠了。

落日的餘暉透過森林的葉子，照射到陷阱的一個角落。在那裏，米粒撿到一片金黃的樹葉，上面有着「洛卡」的簽名。

過了很長時間，大熊的臉又出現在陷阱口。他看上去一臉的疲倦。

大熊用有些害羞的聲音說：「如果你覺得我是為了金幣巧克力或者勛章，那你就錯了。我曾經也掉進過這個陷阱，我不想讓挖這個陷阱的人太得意。」

說完，他放下一根長長的藤蔓，這根藤蔓上有着很多的根鬚，這些根鬚讓米粒很容易抓住藤蔓。

米粒用力地抓住藤蔓，像抓住了救命稻草。還沒有等她爬，大熊就開始拉了，大熊的力氣很大，米粒很快就被救上去了。

大熊興奮得不得了。他搓着厚厚的熊掌，說：「我説過，這個陷阱不難對付的。」

米粒用右手拍打裙子上粘着的泥土，左手拿着陷阱裏撿到的那片樹葉。

大熊看見了那片樹葉，説：「真是太好了，這是我的書簽，我正在找它呢。」

米粒説：「這是一片簽了名的樹葉啊。」

對於大熊來説，這可不是普通的樹葉。

很多年以前，他是大名鼎鼎的壞脾氣小熊洛卡，大家見了他都有些害怕。

有一天，洛卡看見一隻天牛想要咬一片小小的樹葉，他趕走了那隻天牛。樹葉請求洛卡在他的正面簽名。

樹葉慢慢長大，到了秋天，變成了金黃色，盤旋着飄落下來。他對他的鳥類朋友説：「把我帶到洛卡那裏吧，作為一片樹葉，我的生命已經結束，現在我願意做洛卡的樹葉書簽。」

洛卡有了樹葉書簽，開始讀第一本書。從書上，他開始知道嚇唬別人是不好的，那樣會讓別人害怕，別人害怕也不是真的害怕，只是大家都讓着你躲着你，再也不想理睬你了，最後你會變得很孤獨很孤獨。從此，洛卡開始做出各種滑稽的樣子，他希望自己能

讓別人覺得親切而不是害怕。

　　米粒知道了樹葉書簽的來歷，而且她還知道了大熊的名字叫洛卡，她很認真地把樹葉送到洛卡毛茸茸的手上。

09
蜜蜂莊園

大熊需要回到自己的家裏冬眠，他和米粒都着急着要離開女巫森林，但是，天色已經晚了，他們決定先去蜜蜂莊園。

米粒問洛卡：「你一直都住在女巫森林裏嗎？」

洛卡說：「當然不是，這裏連一隻小鳥也沒有，哦，就算想找條蟲，也很難。不過，這裏有蜜蜂。這裏住了很多的蜜蜂。原來這裏是蜜蜂的莊園，糖巫婆不斷地需要蜂蜜，他們就住在這裏了。而我，我原來住在熊的森林裏，和這裏相隔一片沼澤地。我還在沼澤地裏撈過魚。」

米粒說：「那你是因為這裏有蜜蜂才搬來住的嗎？」

洛卡痛苦地說：「當然不是，但是，因為這裏有蜜蜂，女巫，就是那個糖巫婆，她需要有一隻能幹的熊為她管理蜂蜜，比如：把蜂蜜裝進桶裏，在桶上貼標簽，搬運木桶，等等。而我，就是這樣有力氣又

能幹的大熊。所以她用她的超級棒棒糖把我粘到了這裏。」

哦，原來糖巫婆把這隻大熊粘了來，是要用來幹活的，那麼不知道糖巫婆把米粒粘來做什麼？

洛卡擔憂地說：「知道嗎？我已經無數次地想逃跑，但是這裏像一個迷宮，根本就沒有辦法出去。」

洛卡很想念他的大熊森林。大熊森林裏有很多很多的空心樹，熊冬眠的時候都住在空心樹裏，大家都大聲地打呼嚕。

洛卡開心地說：「如果你冬天到我們森林來，你會以為是樹在打呼嚕。」

可是現在，洛卡感覺自己再也回不到大熊森林了。每當想起這些，洛卡總是耷拉着腦袋，垂着前爪。

米粒覺得洛卡表面看上去很高大，其實很可憐。

她安慰着洛卡：「不會的，我敢保證，我們都可以回家。」

洛卡說：「我知道人都很聰明，應該會有辦法的。但是，你只是一個小女孩。」

米粒說：「我不只是一個小女孩，我是一個會爬樹的小女孩。我的史努比密碼也是我自己設定的。」

米粒說的「史努比」是她的日記本，日記本的蓋子上有一個密碼鎖，米粒常常更改密碼，有幾次改得連自己都忘記了，還是她的爸爸幫她破解的。米粒一直很信任爸爸，如果媽媽也能破解日記本的密碼，那米粒可就擔心了。

洛卡聽不懂「史努比」是什麼，就算告訴他「史努比」是日記本，洛卡也一定會問：「日記本是什麼？」

每天晚上，米粒都要寫日記，這次到野外，她也帶了日記本，它就放在帳篷裏。

想起這些，米粒開始想念爸爸和媽媽，他們現在在為她擔心嗎？

可是現在天已經黑了，根本就沒有辦法出去，米粒也只好放棄了逃跑的念頭。

她對洛卡說：「糖巫婆讓我住在樹上，可是，我不想和鳥一樣。」

洛卡說：「如果你願意，和我一起回蜜蜂莊園吧。那裏的蜜蜂是穿着黑白條紋 T 恤的小精靈，雖然他們都拿着小刺刀，但是只要你不冒犯他們，他們也不會冒犯你的。」

米粒願意和大熊洛卡走。

他們在森林裏繞了一陣。洛卡說：「到了。」

米粒看見在一棵大樹的樹幹上，掛着「蜜蜂莊園」的路牌，再走過一簇灌木，看見路邊排列着一個又一個蜜蜂的木箱，因為是傍晚，米粒只看見一隻蜜蜂舉着小小的刺刀。他看見是洛卡就退到樹叢裏去了。

接着是一些橢圓形的木桶，木桶有着金黃色的木紋，和女巫地窖裏的木桶一樣，裏面一定裝着很甜很甜的蜂蜜。木桶上貼着「蜜蜂莊園」和「蜂蜜」等字樣的標簽。

在木桶後面，有一間木房子，這是洛卡在蜜蜂莊園的住處。

洛卡讓米粒進門的時候，有些不好意思地説：「我的屋子裏有些亂，要知道，這裏是沒有客人來的，更不會有你這樣的小女孩來。」

米粒笑了笑，她不會太在意洛卡的屋子亂不亂。她説：「知道嗎？你這樣還算是好的，我的同學馬加力的屋子才是最亂的。有一回我們5個人去他的屋子，只擠進去3個。」

洛卡聽了一個勁地笑。他們一起大聲笑，暫時放下了無法逃跑的擔憂。

10
大熊瞌睡了

米粒和大熊一起過夜，還讀到了古老的書《熊是這樣生活的》，她知道了很多關於熊冬眠的秘密。

上牀睡覺的時候，洛卡從枕邊拿出一本書，仔細地把樹葉書簽夾進去。

米粒注意到這是一本很古老的書。書的封面畫着一頭黑色的大熊，書名是《熊是這樣生活的》，裏面有人類的文字和另外一些奇怪的字元。

「這是專門為熊寫的書嗎？」米粒問。

洛卡點着頭說：「那當然，我讀到第 208 頁了，你看，寫得多麼有意思。」

米粒拿過來看了看，上面的內容有：

《勤快熊》

有一個問題是這樣的：

熊怎樣和蜜蜂相處？

答案：

熊和蜜蜂相處的時候，最好是戴口罩，因為蜜蜂是脾氣很壞的小動物，如果發脾氣，會蟄熊。熊的身上有着厚厚的毛，蜜蜂是無法蟄到的，但是，嘴巴就不一樣了，熊戴上口罩和蜜蜂交往是很重要的。

另外還有一個問題：

怎麼把蜂蜜賣給人類？

答案：

如果要把蜂蜜賣給人類，請戴好口罩，因為人類如果發現和他們交易的是熊，就會把價格壓得很低很低，所以，戴好口罩，在蜂蜜上標好價格，這是最重要的。

說來說去，熊就是離不開口罩。米粒一直不知道口罩對熊這樣重要。

接下來的內容是：

《懶惰熊》

有一個問題是這樣的：

熊什麼時候需要冬眠？熊在冬眠前做些什麼？

答案：

熊在接連打 10 個哈欠的時候就一定要冬眠了。熊在冬眠的時候要準備充足的食物，玉米、土豆、麪包……對，這些食物都可以吃，都可以讓熊睡着的時候不尿牀、不説夢話、不夢遊。記住，最主要是要吃飽，否則，熊餓了啃自己的熊掌，那就很糟糕了。

另外還有一個問題：

熊冬眠的時候，會錯過哪些精彩的事情？熊什麼時候會醒過來？

答案：

熊冬眠的時候，就不能看見狼在冰面挖洞，不能看見狼把尾巴伸進洞去釣魚了。更不會看見狼站起來的時候又一屁股跌到冰

> 面，因為他的尾巴已經被凍住了。當然也看不見有着胡蘿蔔鼻子的雪人，因為她會在熊還沒有醒來的時候變成雲飛走，只留下那根當成鼻子的胡蘿蔔。
>
> 一般來説，熊是在春天的陽光照進屋子的時候醒來的，還有的需要啄木鳥來敲他的窗户。

這時候，米粒注意到她身邊的大熊洛卡已經開始打哈欠了。

洛卡的哈欠一個接着一個，一共打了 3 個。

洛卡説：「知道嗎？古老的書裏記載，有一種瞌睡蟲，哈欠一打，瞌睡蟲就來了。在我打滿 10 個哈欠之前，必須回到自己的森林，我習慣在那裏的樹洞裏過冬的，要不然，我會凍死或者餓死。」

米粒覺得洛卡説得很有道理，她也不願意在這個巫婆森林裏過冬。她和爸爸媽媽住在城裏的時候，整天想像着野外的生活會多麼有意思，其實有時候也會有許多不習慣哦。

現在，米粒只有一個念頭：「想回家，想回到學校去。」

不過，她想起了馬加力，這讓她稍稍有些得意。馬加力一定以為她會睡在帳篷裏，如果他知道她在一隻熊的屋子裏過夜，該有多麼羨慕。

想到這裏，米粒開始蜷縮到洛卡的小木牀上。

洛卡說完話，發現米粒已經甜甜地睡着了。

11
糖巫婆守則

因為尋找女巫森林的地圖，他們發現糖巫婆原來是不能握手，不能親吻，不能擁抱，傷心的時候還不能哭的可憐女巫。

第二天，米粒睜開眼睛，發現屋子裏只有她一個人。陽光從木屋的每一個縫隙裏鑽進來，射出一道又一道的光芒。

屋外傳來「骨碌骨碌」的聲音，米粒猜洛卡正在推裝着蜂蜜的木桶。

米粒推開門，説：「洛卡，如果你想在冬眠之前回到大熊森林，你就不要再推木桶了。」

洛卡立刻停止了推木桶。

米粒説：「我們現在去糖巫婆住的地方，趁她還沒有回來，我們看看她那裏有沒有女巫森林的地圖。」

「地圖？是畫在地上的圖嗎？」洛卡愣了半天。

米粒拿起樹枝在地上畫了一個「十」字，然後對洛卡説：「你看，我現在畫的圖，上面表示北面，下面表示南面，左邊表示西面，右邊表示東面，這是看地圖最起碼要懂的，記住了嗎？至於畫在什麼地方？地圖畫在哪裏都可以，畫在紙上、布上、地上都是可以的，總之，看着它就可以找到路了。」

洛卡看着樹枝畫的圖，好像聽懂了似的點點頭。

洛卡不懂東南西北，但他認識這裏的樹和石頭。他帶着米粒穿過 158 棵樹，繞過 11 塊石頭，就到了糖巫婆的空心樹小屋。

在一個路口，米粒突然發現了一個樹墩，這個樹墩上長着一些青苔，但是還能看清樹墩的年輪。

米粒拉着洛卡說：「你看，這是一個樹墩，年輪稀鬆的一面就是南面，因為南面太陽照得多，所以長得快。相反就是北面。」

米粒在看樹墩年輪的時候，發現這個樹墩是 10 個年輪的。她想起小溪邊那段 10 個年輪的枯樹，不確定眼前的樹墩是不是小溪邊躺着的枯樹要尋找的樹墩，米粒就對着樹墩講了關於枯樹的故事。樹墩也不能斷定那是不是自己的樹幹，但是，樹墩仍然非常高興，他願意聽見樹幹在離開樹墩之後，能生活得很好。

做完這一切，他們來到糖巫婆的樹洞裏。一切仍然還是昨天的樣子，糖巫婆還沒有回來。

他們從糖巫婆的木梯子走下去，又看見那些裝蜂蜜的木桶。

洛卡指着靠牆的一個木桶說：「有一次我來送蜂蜜的時候，想把這桶蜂蜜挪一個地方，但是，糖巫婆非常生氣，好像這桶裏裝的不是蜂蜜，而是金子。」

米粒走過去，在木桶上敲了敲，木桶發出「篤篤篤」的聲音，聽上去，這個桶裏只裝了一半的東西，還有一半是空的。

米粒招呼洛卡過來把木桶移開。洛卡力氣很大，做這些輕而易舉。

這時候，米粒看見原本被木桶遮住的牆上掛着一把掃帚和一幅字。米粒猜：「這是女巫的掃帚。」

洛卡搖着頭說：「糖巫婆根本就不會騎這把掃帚，有一回在月光下面，她偷偷地騎着掃帚，剛剛飛上樹就掉下來了。她只會騎棒棒糖。」

至於那幅字，上面是這樣的：

& & § Ɤ § δ ε ω Ω ζ ∽ ξ ∫ ₤ ¢ Ω ζ ∽ ξ ∫

尖鼻子家族的字都是這樣的，米粒可以看懂這些字，高校長曾經教過她。翻譯過來大致是這樣的意思：

糖巫婆守則：不能握手，不能親吻，不能擁抱，不能哭。牢牢記住糖巫婆是糖做的，所以不能和其他的糖巫婆擁抱，否則就會粘在一起。

洛卡問：「那她也不能和她的媽媽擁抱嗎？」

「是的。」米粒想起了媽媽擁抱着她的時候是多麼温暖。

也想起她的班主任夏老師，想起夏老師拉着她的手和她説話的感覺。

她甚至還想起了高校長，他高高的鼻子尖常常在冬天裏凍得像紅蘿蔔。她很想去摸一摸，但是最終因為他是校長而放棄了這個念頭。

洛卡想起了他的爸爸老黑熊擁抱他的時候那麼用力，抱得他那麼疼，想起來都讓他快活。

可是，糖巫婆呢？她不能握手，不能親吻，不能擁抱，傷心的時候還不能哭。

米粒説：「可憐的糖巫婆，她就這樣在這片森林裏一直生活了 800 年，該是多麼漫長的 800 年啊。」

洛卡説：「現在我知道糖巫婆為什麼喜歡甜甜的東西了，她的身體就是糖做成的。蜂蜜對於糖巫婆來説，就是比金子還要珍貴的東西。」

12 青蛙一百厘米

糖巫婆在沼澤地捉住了青蛙一百厘米，她看起來收穫不小地回家了，但是，她又差點兒被米粒氣瘋了。

米粒和洛卡沒有在糖巫婆的屋子裏找到離開女巫森林的地圖，也許，女巫森林根本就沒有地圖。糖巫婆在這裏生活了 800 年，這裏的每一棵樹、每一隻螞蟻，都是她熟悉的，她根本就不需要地圖。

洛卡開始打第 5 個哈欠。在冬天裏好好地睡一覺對於熊真是太重要了，他急於要離開女巫森林返回到大熊森林。

可是，他們還是沒有想到離開女巫森林的辦法。

糖巫婆卻在這時候回來了，她沒有帶回來貓頭鷹鐘。意外地，她帶回來一隻青蛙。

青蛙生活在沼澤地裏，他的名字叫一百厘米，因為他能跳 100 厘米遠。一百厘米在沼澤地裏跳呀跳地生活了很多年，一直都希望自己成為跳遠冠軍。

糖巫婆離開城市，經過沼澤地，雖然她的棒棒糖上粘滿了麪包，像一棵麪包樹，不過，她多少有些沮喪，因為她擁有貓頭鷹的想法落空了，她的腦子裏正在盤算着：「自己究竟該擁有怎樣的寵物？」

一百厘米一下跳上了糖巫婆的鞋面。

糖巫婆一直都很珍愛她的鞋子，但是，她沒有生一百厘米的氣。

她對一百厘米説：「真正的女巫都應該擁有自己的寵物，比如青蛙、蜥蜴或者蜘蛛。我曾經捉住過一隻蜘蛛，但是，我不喜歡他。蜘蛛總把蟲子都粘起來，自己卻不會和網粘起來，蜘蛛和蜘蛛也不粘起來，這太不公平了。」

一百厘米想起自己成為跳遠冠軍的遠大理想，不想成為女巫的寵物，説：「你可以去捉蜥蜴。」

糖巫婆搖搖頭説：「我曾經也想捉一隻蜥蜴，但是我們附近的沼澤地裏只有大型的蜥蜴，比如鱷魚。我只想要小的，像壁虎，她可以用來裝飾我的帽子。但這一帶沒有。」

很多女巫就是用壁虎裝飾帽子的。壁虎張開四腳，甩着尾巴，漫不經心地趴在帽子上，像一個美麗的圖案。

糖巫婆從鞋子上捉住一百厘米，托在手心裏，説：

「知道嗎？我今天沒有要那個叫作『滴答』的傢伙，我不能空着手回去。那個小女孩，她騙了我，如果看見我空着手回去，她會笑話我的。」

不管青蛙一百厘米願意不願意，他還是被糖巫婆帶進了森林。

米粒原本以為糖巫婆在高校長的辦公室見了「滴答」，一定會氣得鼻子都歪了，然後直接就回女巫森林找她算帳的。可是，她看見糖巫婆的超級棒棒糖上粘滿了麪包，手裏還托着一隻青蛙，看上去好像收穫不小哦。

糖巫婆原本以為米粒會在陷阱或者樹杈裏拚命地叫。可是，她發現這個小女孩居然笑瞇瞇地站在她的樹洞前，而身邊還站着那隻製造蜂蜜的大熊。

糖巫婆用尖尖的聲音説：「哦，我們又見面了，我見到了你的『滴答』。但是，對於女巫來説，那樣的貓頭鷹鐘已經過時了。現在我得到了一隻青蛙，如果他穿上粉紅色的條紋襯衣會比老鼠更加可愛的。」

「呱——」青蛙一百厘米很傷心地叫了一聲。

糖巫婆撫摩着一百厘米綠色的冰冷的背，説：「別嚷嚷，小傢伙，你不用再回沼澤地——那個潮濕的地方了，我走過的時候就覺得腿酸，現在我帶你到我的家裏。」

糖巫婆從樹木樓梯下去，看見她的蜂蜜木桶被搬動了地方。那隻粘住腳的蜘蛛已經不見了。

糖巫婆覺得很突然，馬上就開始打嗝，發瘋地吼起來：「我捉住的那隻蜘蛛呢？誰也無法從我這裏逃走的，那隻蜘蛛呢？哦，我的家也變樣了，誰把我的掃帚弄不見了？我不喜歡這樣。」她不喜歡別人動她的屋子，儘管原來她的屋子是亂糟糟的，但是，只有她親手布置的屋子她才覺得安全。

現在，她的家變了樣，這一切肯定都是門外那個叫米粒的小女孩幹的。

糖巫婆很生氣，真的很生氣。她連着打嗝，大聲地叫着：「別指望在這裏找到什麼！你們不可能從我這裏逃出去的。」

一百厘米受了驚嚇，跳到屋子的角落裏。離開了沼澤地，他當跳遠冠軍的夢也就破碎了。

13 女巫的願望

糖巫婆突然很想改變自己的生活，她不想放走青蛙、大熊和米粒中間的任何一位。但米粒已經想到了逃跑的辦法。

青蛙一百厘米不喜歡這裏的生活。他對米粒説：「這裏的氣候不適合我，我喜歡潮濕的空氣。」

大熊洛卡也不喜歡這裏的生活。他打着哈欠説：「我喜歡我的大樹，我要在樹洞裏冬眠。」

一百厘米説：「我也想回到我的沼澤地，我也要冬眠的。」

洛卡和一百厘米就開始談論有關冬眠的事情。

一百厘米説：「冬天的時候，我喜歡抱着我的蓮蓬睡覺。」

洛卡説：「我也是，我抱着我的蜂蜜罐頭睡覺。睡覺以前我的蜂蜜罐頭是滿滿的，醒來的時候，已經是空的了。我在夢裏把蜂蜜全吃完了，連罐頭也舔乾淨了。」

米粒坐在一旁，想念她的帳篷，不知道在帳篷裏過夜是什麼感覺？爸爸和媽媽是不是把頭露在帳篷的外面等着她回去。

那個高校長見過了糖巫婆，一定知道是糖巫婆抓住了米粒，會不會跟蹤着來救她。她希望高校長出現在女巫森林裏。

洛卡的哈欠打得更加厲害了，他已經在打第 7 個哈欠了。

一百厘米也跟着打起哈欠來。他們每打一個哈欠，就離冬天更加近了一些。

糖巫婆躲在樹洞裏，觀察着他們的一舉一動，她不想讓大熊、青蛙和小女孩中的任何一位離開她的森林。

多少年來，糖巫婆一直都一個人過，一個人吃蜂蜜，一個人騎上超級棒棒糖飛到樹頂看月亮，一個人看樹葉一片片飄落下來，一個人踩着雪地走，留下的腳印也是孤孤單單的。

糖巫婆還想起那個矮個子高校長，想起那個温暖的下午，太陽光照射着辦公室的地板，而他一直都注視着牆上的貓頭鷹掛鐘。800 年來，糖巫婆一直都沒有感覺到時間在滴答滴答地過去，一直都冷冷清清、

孤孤單單地過着。

可是，自從見了米粒，糖巫婆突然就很想改變自己的生活。她真的需要他們，一定要想辦法留住他們。

不過嘛，要留住米粒可不是一件容易的事情。米粒不會傻乎乎地等着高校長或者爸爸、媽媽來救她。

米粒把洛卡和一百厘米叫到灌木的後面。

米粒說：「我本來不想這麼做的，但是，糖巫婆太自私了，我想讓大家都回家。」

洛卡和一百厘米說：「她是 800 歲的女巫，而你只是一個 10 歲的小女孩，你真的可以幫我們逃跑？我們可以做什麼？」

米粒問一百厘米：「你有把握一下就跳到糖巫婆的鞋子上嗎？」

一百厘米張大嘴巴用唇語說：「Ok。」

米粒又問一百厘米：「你有把握糖巫婆的鞋子也是糖做的嗎？」

一百厘米張大嘴巴用唇語說：「Yes。」

米粒又問大熊：「你肯定你能從河裏撈魚？」

洛卡仍然不習慣回答別人的問題，只是點點頭。

米粒遞給洛卡一個捉魚的網兜，網兜用一根竹竿繫着，然後說：「那你就躲一邊去，我不喊你的名字，

你就不要出來。」

洛卡仍然點點頭。

一切都準備妥當，米粒爬上樹幹。

「篤篤篤……」米粒用鞋跟跺樹幹。

「篤篤篤……」

「篤篤篤……」

「篤篤篤……」

14 糖巫婆只有金魚那麼大

糖巫婆掉進了池塘，只有金魚那麼大了，但她仍然不肯說出離開森林的路線，大家只能救她起來。這時，高校長來了。

糖巫婆聽見敲擊樹幹的聲音，就從樹洞裏鑽出來。她剛剛站穩，青蛙就跳上了她的鞋面。

糖巫婆抬起頭，望着樹上的米粒問：「什麼事？小女孩，你還挺會麻煩人的。」

米粒坐在樹上，兩隻腳懸空晃動着：「我想問，這樹上為什麼沒有鳥？」

糖巫婆想：「她問這個是什麼意思？她想知道什麼秘密？哼，告訴她也沒有關係，這裏面根本就沒有什麼秘密。」於是她爽快地回答：「很多年以前，我的媽媽的媽媽的媽媽在路上走着，一隻鳥把糞便拉在她的帽子上，於是所有的鳥都被趕出了女巫森林，從此這裏就沒有鳥了。」

米粒聽糖巫婆說話的時候，眼睛一直看着地面。

糖巫婆覺得有些奇怪，這個小女孩到底在看什麼呢？於是，她也把目光移到了地面。

「啊噢——你在做什麼？」她看見青蛙一百厘米正在舔她的鞋子，她的鞋尖已經沒有了，這個鞋尖是用最甜最黏的糖做的。

糖巫婆氣極了，她還聽見米粒在樹上「咯咯」地笑。

她用尖尖的指甲指着米粒説：「別高興得太早，我會把你粘到樹頂。你就跟着樹枝晃吧。」

説完，她就去追一百厘米，一百厘米一跳就是100 厘米，幾下就跳上了荷葉。糖巫婆也跳上了荷葉。一百厘米連續跳過 5 張荷葉。糖巫婆也連續跳過 5 張荷葉。

「撲通——」一百厘米跳進了河裏，糖巫婆也跳進了水裏。

「救命——救命啊——」糖巫婆叫起來，她感覺自己的身體開始融化。

米粒、洛卡和一百厘米看見糖巫婆在水裏掙扎着，身體漸漸變小。

洛卡緊張地站在樹的後面，他的手裏緊緊地拽着漁網。

米粒站在河邊問：「可以告訴我們出森林的路嗎？」

糖巫婆仍然在水裏掙扎着，喊着：「不，不可以，我一定要把你們留在這裏。」

又過了一會兒，糖巫婆變得更小了。

米粒又問：「可以告訴我們出森林的路嗎？」

糖巫婆説：「不，不可以，我已經獨自過了800年，好不容易找到了你們，我不會放你們走的。」

米粒伸出手説：「哎，那你就上來吧，沒想到你的脾氣倔得像牛皮糖。」

糖巫婆説：「不，我不上來，除非你們答應不離開我。」

洛卡説：「我已經打第8個哈欠了，我必須走。」

米粒説：「我的爸爸和媽媽會着急的。我還要回去上課，我也必須走。」

一百厘米擔心糖巫婆再不答應，就會全部融化了，趕緊説：「那……那我就留下來不走吧，你快上來吧。」

洛卡馬上就用抓魚的網兜把糖巫婆撈上來。這時候，糖巫婆只有金魚那麼大了。大家都覺得糖巫婆又頑固又可憐。

洛卡用蜂蜜把糖巫婆重新變大。

這時候，大家聽見灌木後面傳來一個聲音：「請在她的鼻子上多加一點點糖，她的鼻子應該更加高一些。」

「是，高校長。」米粒熟悉高校長的聲音。

高校長一直走到糖巫婆跟前，說：「我就知道米粒這個小姑娘不好對付，不過也不會太欺負人。」

米粒說：「我早就想到，高校長會到這裏來的，不過沒想到這樣快。」

糖巫婆問：「你是怎麼進來的？這片森林是一個迷宮啊。」

高校長笑着說：「別忘了，我是高鼻子家族的成員。高鼻子家族對味道特別敏感，我聞着一路的甜甜的香味就進來了。」

原來這樣簡單，只要聞着香味就能走進森林了，同樣，只要聞着香味就能走出森林了。

高校長對糖巫婆說：「很多事情就是很簡單的。如果你需要朋友，只要寫一封邀請的信就可以了，會有朋友來看你的，何必把別人一個個粘到這裏來呢？」

糖巫婆聽着聽着，很後悔以前做過的一切。但是，她不敢哭，因為一哭，她又要融化了。

15
故事後面的故事

關於糖巫婆的故事已經講完了，不過她仍然會有新故事，說不定她在什麼時候又出現在米粒或者是我們的身邊了呢？

關於糖巫婆的故事是這樣結束的：

青蛙一百厘米會留在森林，他答應要陪伴糖巫婆的。糖巫婆非常高興，她擁有的不是寵物青蛙，而是能陪伴她說話的好朋友青蛙。她會讓一百厘米繼續練習跳遠，將來成為真正的跳遠冠軍。

米粒、高校長，還有大熊洛卡告別糖巫婆，來到了蘋果樹下。前面就是米粒的爸爸和媽媽的野營帳篷。

下面的故事和糖巫婆沒有什麼關係了：

他們到了蘋果樹下。洛卡聽說米粒的媽媽是生物老師，他想：「生物老師一定會有許多問題問他。」而他不習慣被盤問，所以不太願意和米粒的媽媽見面。

洛卡說：「我就在這裏和你們再見吧，我的家離這裏不遠的。」

高校長和米粒祝洛卡有個好夢。

兔子卡蘿一直在那棵 5 歲的響鈴草旁邊等着米粒回來，他很吃驚等來的是米粒和高校長。

卡蘿說：「我從沒想過，我會見到這樣一位陌生人。不過，他看起來有些意思，因為他的鼻子像胡蘿蔔。」

高校長摸摸自己的鼻子，說：「謝謝你喜歡我的胡蘿蔔鼻子，我爸爸說我的鼻子像啄木鳥的嘴巴，他錯了。」

高校長覺得自己應該離開一會兒，讓卡蘿和米粒好好地聊聊，他們分別 2 天了，所以他說：「我想去帳篷那裏了。」

高校長走了以後，卡蘿說：「告訴你一個秘密，響鈴草馬上就要過 6 歲生日了。6 年前，他在冬天的土壤裏有了第一個芽，春天的時候，就從土壤裏鑽出去，成為一棵綠色的響鈴草。」

米粒祝賀響鈴草 6 歲生日快樂，並告別了卡蘿。

米粒說：「這是一片有意思的森林。我回去告訴馬加力，這裏沒有狼，讓他也來。」

卡蘿很高興，他希望有機會和馬加力比賽跑步。

米粒的爸爸畫了很多的畫，大部分是兔子卡蘿的畫像。卡蘿很滿意，米粒的爸爸就認為自己很成功了。

米粒的媽媽採集了很多樹葉標本，但是，她沒有看見過會説話的草和有耳朵的枯樹，也沒有能和大熊洛卡聊上幾句。對於生物老師來説，這永遠都是遺憾的。

而米粒，她擁有了一張紅色的樹葉標簽，那是大熊洛卡送給她的。

米粒把這次野外的故事講給她的同學聽，唯獨沒有提到高校長，因為米粒覺得關於高校長也是高鼻子家族成員的事情應該是秘密，而高校長的秘密是不能隨便説的。所以，除了米粒，同學們仍然認為高校長沒有去過學校以外的任何地方。

有一天，文新雨神神秘秘地説她遇到一位賣蜂蜜的師傅，戴了大口罩，她的媽媽買了一瓶，蜂蜜的產地是：蜜蜂莊園。

馬加力在學校的跑步比賽中得了第三名，米粒不再認為胖子肯定跑不過兔子了。

冬天雪花飄落下來的時候，米粒猜想洛卡和一百厘米都已經冬眠了。班上的外國同學小眼鏡安迪説：

「今天是聖誕節。」

在經過大街的時候，米粒看見一個聖誕老人穿着高高的尖尖的靴子，手裏舉着一個超級棒棒糖，棒棒糖上粘滿了玩具，就像一棵聖誕樹。聖誕老人側着身體，米粒就看見一個高高的尖尖的鼻子。聖誕老人走進一家商店的門，繞着玻璃門一直走了很多圈才走了進去。

第 3 章

米粒和復活節彩蛋

有一個特殊的蛋，有着彩色的條紋，長江路小學三（7）班的學生米粒就曾經擁有過。

01 特殊禮物

米粒的同學小眼鏡安迪是一個昆蟲迷。復活節那天，他送給米粒一件特殊的禮物。

三（7）班所有男生中，米粒覺得安迪最有特點。他是個大頭男孩，還戴着很大的眼鏡，但是，他的綽號是「小眼鏡」。

安迪是一年前跟着爸爸媽媽從美國回到中國的，他的爸爸是中國人，他的媽媽是美國人——確切點說是從小在美國長大的美籍華人。安迪在家裏常常是一邊和媽媽說英語，一邊和爸爸說中國話。安迪到了學校也這樣，說着中國話的時候，突然就冒出了英語。

有一回，米粒遠遠地看見安迪把眼鏡戴在腦門上，撅着屁股趴在地上和兩隻蟋蟀爭辯。米粒想：「安迪和蟋蟀說話也是一半中國話一半英語嗎？或者是一半人話，一半昆蟲語言？」

小眼鏡安迪是個昆蟲迷。在草葉中間、土塊的縫隙裏、大石板的旁邊或者牆根下面……安迪都能根據

地形、氣候、季節或者聲音找到很多奇奇怪怪的蟲子。但是他叫不出這些蟲子的中文名字。

小眼鏡安迪把這些奇奇怪怪的蟲子裝在盒子裏帶到學校，女生們都嚇得尖叫着逃掉。

米粒一直都不明白城市裏哪來這麼多的蟲子，她的媽媽和媽媽的學生就只能到農村才能找到這些蟲子。米粒的媽媽葉老師是大學的生物老師，米粒在媽媽的標本盒裏認識了這些蟲子，所以她對小眼鏡安迪說：「這些蟲子的名字非常有趣哦，瞧，那捲成一團的是西瓜蟲，那綠色的是紡織娘，還有那尾巴翹翹的蟲子叫放屁蟲，趕快把它放了，要不然，它的臭屁能把你熏得暈過去。」

小眼鏡安迪非常佩服米粒，男生很少佩服女生，但他是真心的。

因為這個原因，安迪決定送一件特殊的禮物給米粒。

於是有一天，安迪神秘地對米粒說：「今天是復活節，我想送你一件禮物。」

米粒知道復活節是外國人的節日。安迪就是這樣的，中國的節日也過，外國的節日也過，所以他的節日就比別人多。

安迪送別人禮物，十有八九是昆蟲，米粒希望得到一些可愛的昆蟲，比如瓢蟲，千萬不要是舞着大刀的或者是背着房子的。

她懷疑地問：「你送我禮物？不會是螳螂或者蝸牛吧？」

小眼鏡安迪搖了搖頭，從書包裏掏出一個紙包，打開紙包，裏面還是一層紙包，再打開紙包，裏面仍然是一層紙包。

「到底是什麼禮物？」米粒更加覺得好奇。終於，安迪打開了所有的紙包，裏面安安靜靜地躺着一個蛋。這是一個橢圓形的蛋，它有着藍白相間的條紋，讓米粒想起她家裏的大力水手。大力水手的汗衫就是藍白相間的。當然，米粒說的大力水手只是一個玩具的大力水手。

「這是復活節彩蛋。」小眼鏡安迪說，「送給你的。」

對於外國的節日，米粒不太感興趣，可是，她喜歡這個有條紋的蛋。

「這是外國帶回來的嗎？」米粒問，她從來沒有見過這樣的蛋，連聽都沒有聽說過。

小眼鏡安迪說：「不是外國的，它的產地絕對是

中國。」

米粒更加覺得這個蛋很特別，她一邊把蛋翻來翻去地看，一邊說：「真是特殊的禮物。」

小眼鏡安迪笑了，眼鏡後面的眼睛神秘地眨了眨。

這個彩蛋是他從一隻深栗色的水鼠那裏得到的。

02 復活節彩蛋

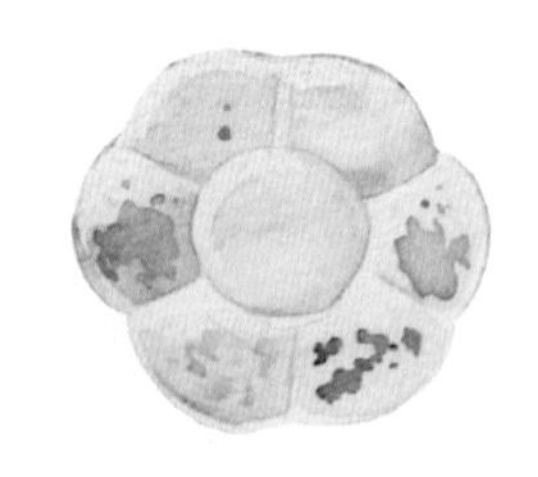

一隻水鼠用一個彩蛋換了一盞油燈，聽起來像阿拉伯神話故事中的事情哦，長江路小學三（7）班的男孩安迪就遇到了。

小眼鏡安迪是在昨天傍晚遇到水鼠的。

從學校到他家住的百合公寓，要經過一段古城牆。城牆下常常會有一些昆蟲出沒，小眼鏡安迪沿牆從南往北走着。

牆的北邊，一隻水鼠穿着藍白相間的T恤，吹着口哨，曲調有些滑稽，還時常中斷。他推着一個和他身體差不多大的蛋，這個蛋是藍白相間的彩蛋。

水鼠沿着牆根從北往南走，在拐彎的地方遇到了小眼鏡安迪。

「嗨！那個戴着眼鏡的男孩，」水鼠從蛋後面探出頭來，「知道復活節嗎？」

安迪沒有想到蛋後面是一隻水鼠，而且這隻水鼠會和他説話，他問：「你是在和我説話嗎？」

水鼠點點頭。事實上，水鼠的脖子縮在衣領裏面，點頭的時候不是很明顯的。水鼠伸出他的手做出敬禮的樣子，安迪注意到他戴着藍白相間的手套，是四個手指頭的。

「你從哪裏來？」小眼鏡安迪問，因為他熟悉這附近的每一個角落，但是沒有看見過這樣特殊的水鼠。

「我從哪裏來並不重要，我是誰也不重要，關鍵是你想要這個彩蛋嗎？」水鼠問。

安迪明白了水鼠的意思，這是一個復活節的彩蛋，水鼠想把它給別人，當然，水鼠不會白白把彩蛋送人的。

果然，水鼠説：「如果你可以給我一盞油燈，這個彩蛋就是你的了。」

安迪很奇怪，問：「油燈？難道你不要麪包？或者果醬？」

水鼠説：「如果你願意給我一盞油燈，外加一個麪包，那當然更好；如果你願意給我一盞油燈，外加一個麪包和一瓶果醬，那就更好了。別擔心，我總有辦法的。」

看來，水鼠要油燈是要定了。

安迪家裏的確有一個油燈，那是小眼鏡安迪的爸爸大眼鏡小時候用過的。

大眼鏡小時候家裏很窮，用玻璃瓶和棉紗繩做了一盞油燈，大眼鏡就在這盞油燈下讀書，後來成了一名大學生，再後來成了歷史學博士。當然，大眼鏡也在這盞油燈的關懷下成了大眼鏡安博士。

小眼鏡安迪覺得用這盞沒有用處的油燈換這個彩蛋真是太劃算了。

水鼠也很高興，他捧着油燈說：「這和阿拉丁的神燈不太一樣哦，不過，我還是願意和你換。」

水鼠捧着油燈，又哼起曲子。這首曲子小眼鏡安迪聽過，大致意思是：小老鼠，上燈枱，偷油吃，下不來，喵喵喵，貓來了，嘰里咕嚕滾下來。

這時候，水鼠猛地抬頭看見屋簷上站着一隻長耳朵黑貓，吃了一驚，一轉身就不見了蹤影。

水鼠背着他的油燈消失在街角。那隻黑貓仍然站在屋簷上，豎起了耳朵，側着頭看着彩蛋。看得出來，黑貓對這個彩蛋也很感興趣。小眼鏡安迪衝屋簷上的黑貓瞪了一眼，把彩蛋藏進書包。

安迪把彩蛋送給米粒的時候，特意叮囑她：「記住，這是一個復活節彩蛋，別讓街角那隻黑貓看見了，

他會把它當成一個彩色荷包蛋的。」

米粒鄭重地點點頭答應了。

夜晚，米粒把彩蛋放在牀頭櫃上，準備睡覺。

一輪月亮掛在茉莉公寓的樓頂，把帶着神秘的光照在米粒家的窗戶上，再反射到黑暗的空間，最後，光被黑夜吞噬了。

茉莉公寓的對面是百合公寓，小眼鏡安迪住在那裏。月光下可以看見安迪家的樓頂站着那隻長耳朵的黑貓，就像神秘的貓頭鷹站在森林裏最高的樹上。

03
會說話的蛋寶寶

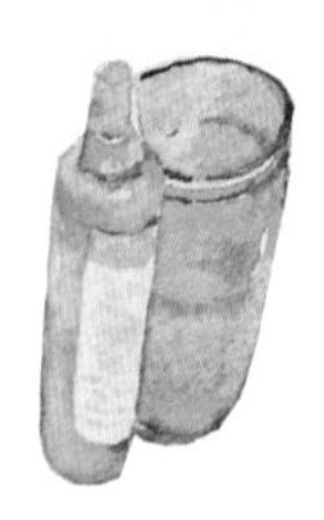

復活節彩蛋原來是一個會說話的蛋寶寶，他吵着要媽媽，除此之外，他什麼也不知道。這真有些麻煩哦。

半夜，米粒被兩個奇怪的聲音吵醒了。

「喵嗚——」

「哦——」

一個聲音又輕又粗，一個聲音又響又尖。

那個又響又尖的聲音是從屋頂上傳來的。米粒打開窗戶，看見對面屋頂上那隻像貓頭鷹一樣神秘的黑貓。

那又輕又粗的聲音又是從哪裏來的呢？黑貓的四周沒有別的貓，也沒有野鴿子。

再仔細聽聽，那個又輕又粗的聲音就在米粒的臥室裏。

米粒有些害怕起來，屏住了呼吸，鑽進被子。

「哦——」「哦——」那聲音又響了起來，聽起

來就在耳邊。

牀邊只有一隻青蛙鬧鐘和那個復活節彩蛋。

米粒嘀咕着：「哦，一定是青蛙鬧鐘。有一回鬧鐘快沒電的時候，也發出過難聽的聲音。」

青蛙鬧鐘總是在早晨六點半響起來：「呱呱，呱呱呱，該起牀了。」除這個時間外，這隻青蛙是不會説話的。

可是，米粒聽見了一個很清晰的聲音：「哦——我要回家。」

米粒終於發現，是站在青蛙鬧鐘旁邊的復活節彩蛋在説話。它説話的時候身體晃動着，像一個不倒翁。

「是你嗎？彩蛋。」米粒按了按彩蛋的頂部問。

彩蛋左右搖了搖，停下來的時候帶着哭腔説：「是我。我要媽媽，我要回家。」

米粒想：「哦，小眼鏡安迪真有意思，他居然送給我一個會説話的蛋寶寶。」

米粒哄着蛋寶寶：「別哭，別哭，你先告訴我，你家裏的電話號碼是多少？」

彩蛋説：「不知道。」

米粒又問：「那，你家住在哪裏？」

彩蛋説：「不知道。」

米粒接着問：「那，那你總該知道你的媽媽是誰吧？」

彩蛋説：「不知道。」

米粒歎口氣説：「哎，你怎麼什麼都不知道。」

彩蛋説：「我是一個蛋，在黑黑的蛋殼裏，什麼也看不見，而且除了媽媽的聲音和你的聲音，其他的聲音都聽不懂。」

米粒覺得彩蛋説得有道理：「可是，你為什麼能聽懂我説話呢？」

彩蛋説：「不知道。」

哎，這個彩蛋寶寶好像只會説不知道。

米粒説：「你不可以總説不知道，知道了嗎？」

彩蛋説：「知道。」

米粒很高興，説：「對，這樣就對了。現在天已經黑了，應該睡覺，明天再幫你去找媽媽，知道嗎？」

彩蛋説：「不知道。」

米粒説：「怎麼又説不知道？」

可是，彩蛋真的不知道，它在蛋殼裏，什麼也看不見，怎麼知道白天和黑夜呢？

米粒覺得小眼鏡安迪送的這個彩蛋真有些麻煩。她已經很睏了，不想再和這個彩蛋説話，她把彩蛋拿

在手心裏，一連轉了 3 圈，估計彩蛋也該被轉得暈乎乎了，然後把彩蛋放在温暖的枕邊，說：「我告訴你，現在是夜晚，你不能再說不知道。你連着說 10 次知道，然後就睡覺。」

彩蛋晃晃身體，連着說：「知道，知道，知道……」還沒有說滿 5 次，就倒下睡着了。

這時候，米粒的媽媽從米粒的房間經過，聽見米粒正在說話，媽媽搖了搖頭說：「哎，這孩子，就喜歡自言自語。」

04
恐怖故事

米粒的恐怖故事讓彩蛋暫時安靜了幾天，到最後，彩蛋反而不怕了，它像彩色陀螺一樣旋轉起來。

第二天早晨六點半，青蛙鬧鐘準時叫起來：「呱呱，呱呱呱，該起牀了。」

彩蛋立刻醒過來，一醒過來馬上又叫起來：「我要回家，我要回家。」

米粒一下按住了青蛙鬧鐘的鬧鈴：「從今天開始，你就不許再叫了。」青蛙鬧鐘莫名其妙地挨了罵，很傷心地站在桌上。

米粒一路打着哈欠上學去，路上遇到了小眼鏡安迪。

安迪把眼鏡扶了扶，然後對着米粒擠擠眼睛：「嗨！我送你的復活節彩蛋很棒吧，是不是很特殊？」

米粒突然想：「一定是小眼鏡安迪故意找這麼個奇奇怪怪的蛋來嚇唬我，哼，我米粒才不會害怕呢。」

於是，她故意用輕鬆的口氣對安迪說：「我還以

為是什麼了不起的蛋呢，原來只是一個會説話的蛋。」

會説話的蛋？安迪哈哈地笑了：「哈哈，你説那個蛋會説話？那它説的一定是蛋語，也許是這樣的：骨碌骨碌骨碌碌……」

米粒點點頭，説：「是啊，它這樣説話的意思是：媽媽媽媽找媽媽……哎，對了，安迪，你説，它的媽媽會是誰呢？」

「媽媽？不知道，我想，那隻穿着彩條T恤的老鼠或許是它的爸爸？」小眼鏡安迪眼鏡後面的小眼睛眨呀眨的，做出一副神秘的樣子。

米粒有些生氣，她不喜歡安迪這時候還做出一副怪樣子，她兇巴巴地對小眼鏡安迪説：「我會找到它的媽媽，我還會證明它的爸爸根本就不可能是老鼠。」

小眼鏡安迪非常不自然地扶了扶眼鏡，他注意到米粒説這些話是認真的。而他根本就不知道這隻彩蛋是會説話的。

一連幾天，米粒用各種方法哄彩蛋寶寶睡覺。可彩蛋寶寶總不肯安安靜靜地睡覺，一直吵着：「我要回家，我要回家。」

米粒突然想起自己小的時候，外婆總是給她講狼外婆的故事。米粒的外婆是一個很瘦的老太婆，她講

故事的時候，伸出兩隻很瘦、很皺的手，米粒突然覺得外婆就是狼外婆。她會很害怕，蒙上被子馬上就睡着了。

米粒就決定給彩蛋寶寶講恐怖故事。

第一天，她的恐怖故事是這樣的：「在百合公寓的樓頂，住着野鴿子一家。野鴿子媽媽出門的時候，來了一隻大黑貓。這是一隻饞嘴的大黑貓，他化裝成鴿子外婆，希望能偷到一個鴿子蛋。」

米粒的故事還沒有講完，彩蛋就睡着了。

到了第二天，米粒把故事修改了一下：「大黑貓的耳朵是會轉的，他聽見對面的茉莉公寓裏，傳來一個蛋的聲音。真的，他從來不知道蛋會説話，他喜歡吃特殊的蛋。」

米粒的故事還沒有講完，彩蛋又睡着了。

到了第三天，米粒繼續講故事：「那隻大黑貓，乘着電梯上了第 18 層樓，跟在主人身後進了屋子。黑貓走路是沒有聲音的。他已經走到我們的房間門口了。」

這一次，彩蛋不但沒有睡着，反而説：「這隻大黑貓終於來了，我會讓他以為我只是一隻彩色的陀螺。」

說完，彩蛋在桌子上旋轉起來，藍色的條紋逐漸模糊了，看上去，它的確像一個陀螺。

米粒看着彩蛋轉呀轉呀，瞌睡起來，趴在桌上睡着了。

媽媽經過的時候，看見米粒桌上有一個彩蛋仍然在旋轉，走進來，把彩蛋放進盒子，再把米粒抱上牀，蓋好被子，關了燈。

05
在外婆家

母雞阿黃不願意收養不屬於自己的蛋寶寶，鳥媽媽卻收養了這個蛋寶寶。在搖晃的樹枝上，彩蛋的命運會怎樣呢？

周末，米粒吵着要去外婆家，外婆家在城郊的一個村莊裏，坐了地鐵接着換乘公交就能到達。

外婆家裏養了很多母雞。米粒剛走到村頭，就看見外婆家的黃母雞蹲在樹枝上編草繩，一副焦急的樣子。

米粒拿出彩蛋，問黃母雞：「阿黃，阿黃，你認識這個蛋嗎？如果你認識就點點頭，如果不認識，就搖搖頭。」

阿黃既不點頭，也不搖頭，她把尖嘴巴在樹幹上擦了又擦，然後張口就說：「這真的是蛋嗎？不會是一枚鵝卵石？」

阿黃的聲音有些沙啞，和平時叫的「咯咯」聲很不一樣。

米粒忍不住問：「阿黃，是你在和我説話嗎？你平時的聲音很清脆的哦。」

阿黃給了米粒一個奇怪的答案：「聽過女低音的歌聲嗎？唱歌和平時説話是不一樣的。」

哦，這麼説，平時我們只是聽見黃母雞唱歌，而且她是女低音。以後，看見雞一邊走着一邊叫着，就是她一邊走一邊哼着歌呢。

阿黃説：「我有過很多蛋寶寶，但是，沒有見過這樣的蛋，一個彩色的蛋，而且它好像還特別堅固。」阿黃用嘴巴啄了幾下蛋殼，蛋殼發出「篤篤篤」的聲音。

阿黃説完，繼續編她的草繩。

米粒問阿黃：「你編草繩做什麼？」

阿黃説：「有一隻野貓總是想偷我的蛋寶寶，想了好幾個月了。」

阿黃説的野貓就住在外婆家東面的竹林裏，沒有人見過他的真實面目。

米粒問：「聽説這隻野貓很厲害，公雞也敢抓。」

阿黃説：「是啊，但是我不會怕他的。他盯我的蛋寶寶很久了，現在我的蛋寶寶都變成了小雞，他還盯着。昨天夜裏，他又抓壞了我們家的門。」

米粒說：「那我去告訴外婆，讓她找舅舅來把門做得結實一些。」

阿黃說：「謝謝，不過我也不怕他，如果他敢再來，我就用繩子絆倒他，然後啄他的眼睛。」阿黃以前是一隻膽小的小雞，外婆餵米給雞吃的時候，她總是站在最遠的地方，從來不和別的雞搶，沒有想到做了媽媽就完全變樣了，變得這麼勇敢了。

米粒問阿黃：「你這樣愛你的寶寶，可不可以也愛這個彩色的蛋寶寶呢？最好把它孵出來。」

阿黃覺得很為難，她說：「我真的不能照顧別的寶寶了，我要想辦法對付那隻野貓。要不，你讓鳥媽媽照顧它吧。」

鳥媽媽住在梧桐樹上。爬樹是米粒的絕招，她手腳並用，很快就爬上了外婆家屋後的梧桐樹。

鳥爸爸和鳥媽媽的寶寶早在半年前飛到別處安家去了。鳥媽媽是個經驗豐富的媽媽，自從鳥寶寶到別處安家以後，她就特別願意孵不是自己家的蛋寶寶。有一回她還在鳥窩裏孵出了一棵小樹，這棵小樹後來被種在河邊，已經長成了大樹。

鳥媽媽很高興她可以孵一個奇奇怪怪的蛋，她興奮地對鳥爸爸說：「哦，親愛的，我沒有見過這樣的彩蛋，而且它好像特別重。你等着吧，看我這次會給你孵出怎樣的寶寶來。」

看到鳥媽媽這樣熱情，米粒放心地把彩蛋放進了鳥窩。築着鳥窩的那根樹枝頓時晃動起來，看起來很驚險。

不管怎麼説，米粒把彩蛋託付給了鳥媽媽照顧，總算鬆了一口氣。

梧桐樹上有了一個彩色條紋的蛋，這成了外婆家村子裏的一條新聞。

06 下蛋比賽

大家都認為彩蛋只是一枚鵝卵石，鳥媽媽不願意照顧鵝卵石。米粒帶着彩蛋到了動物園，這裏正在進行下蛋比賽。

米粒的外婆——那個很瘦很瘦的老太婆，現在拄着一根拐杖從村子的東邊走到村子的西邊。

外婆走路的時候，兩隻腳不發出聲音，但是，拐杖的聲音卻很響。

「篤篤篤！」外婆走到了梧桐樹下面。

大人們在議論那個彩色的蛋，他們説：

「這個蛋好像是鴕鳥蛋。」

「我看像是斑馬的蛋。」

「什麼啊，斑馬哪裏有蛋的，我看是大海龜的蛋。」

「我覺得哪是一個蛋啊，像是一枚鵝卵石。」

「對，我也覺得是一枚鵝卵石。」

母雞阿黃整天「咯咯咯」地叫着，意思是：我早説這不是蛋了，只是一枚鵝卵石。

鳥爸爸和鳥媽媽也開始懷疑蛋的來歷，他們找到米粒，説：「我們的確願意照顧可憐的蛋寶寶，但是，看樣子，這不是蛋，而是一枚鵝卵石。」

鳥媽媽可以把愛和温暖給一個蛋、一顆種子，但是她不願意把愛和温暖給一枚鵝卵石。

外婆對米粒説：「這個奇奇怪怪的蛋是你從城裏帶來的，你還是把它帶回城裏吧。」

米粒只好又爬上樹去取回蛋。鳥媽媽一臉擔憂，代替了剛看見蛋時的那種興奮。

米粒也一臉擔憂地回到了城裏。果然，彩蛋又開始吵着：「我要回家，我要媽媽。」

米粒突然想起了動物園。米粒居住的城市有一座規模很大的動物園。米粒捧着彩蛋走進動物園的大門。

動物園的叔叔看着她捧的蛋，對她點了點頭，指着東面的方向説：「產蛋的動物都生活在動物園的東面。」

米粒走沒多久，看見一塊牌子，上面寫着：食草區。

再往東面走，看見牌子上寫着：長毛區。米粒覺

得奇怪，以前動物園好像不是這樣區分動物的，也沒有這樣的牌子。

猛一抬頭，又看見一塊牌子，上面寫着：產卵區。

哦，這裏真的是產卵動物的家。米粒看見母雞、鵪鶉、鴨子、烏龜、蛇、鴕鳥……還有一些昆蟲。

一隻鵪鶉正在炫耀自己下了一個黑白花紋的蛋，猛地看見米粒抱着一個彩色條紋的蛋來了，覺得很吃驚。

米粒把彩色的蛋拿到鴕鳥面前，問：「這是你的寶寶嗎？」

鴕鳥看了看說：「我從來不和別人比蛋的顏色有多奇怪，我只和別人比誰下的蛋大。這個蛋比我的蛋小，不是我的寶寶。」說完還對鵪鶉瞪了一眼。

鵪鶉對米粒說：「這種條紋的蛋我是生不出來。但是我的蛋也是很漂亮的，有斑點的哦。」

一隻蛾子飛過來，用很輕的聲音說：「比大小、比顏色、比形狀，我都不能和你們比，但是，比數量，我可不會比你們少。不過，我忘記把寶寶放在哪兒了。」

一隻海龜慢悠悠地浮出水面，用很粗很低的聲音說：「如果說比顏色，我的蛋沒有大家的蛋漂亮；比大小，也沒有大家的蛋那麼大；比多少，我也比不上昆蟲們。但是，比形狀呢，只有我能下方形的蛋。」

米粒看了看海龜下的蛋，果然是方形的。她覺得這隻海龜眼神怪怪的，就開始懷疑海龜下的蛋是一塊方形的石頭了。

海龜好像被米粒看透了一樣，悄悄對她說：「我知道你拿的也是石頭，咱們誰也不說，好嗎？」

米粒說：「我不是來比蛋的，我是來為這個蛋找媽媽的。」

海龜說：「那就把這個蛋給我吧，我是它的媽媽好了。這樣我就穩拿今年的下蛋冠軍了。」

米粒總算弄明白了，這裏正在進行下蛋冠軍的評選。

米粒覺得這隻海龜很不誠實，大聲地說：「我不會學你拿一塊石頭來冒充蛋，我拿的不是石頭，是一個真正的蛋。」

大家都知道海龜的蛋是鵝卵石了。海龜很不好意思，把那個方蛋（其實是鵝卵石）扔在一邊，用最快的速度潛進水裏了。

07 狗博士

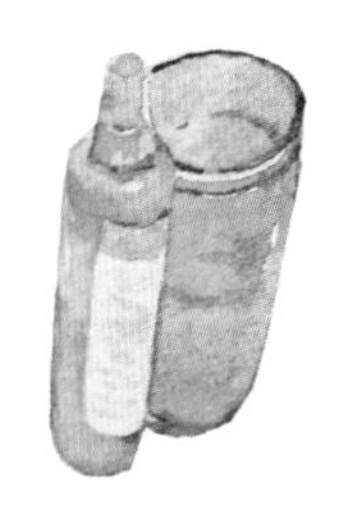

正當米粒不知道去哪裏尋找彩蛋媽媽的時候，狗博士出現了，他說了一個神秘的地方：彩蛋加工場。

米粒斷定那些動物都不是彩蛋寶寶的媽媽，失望地離開了動物園。

一輛又一輛的車從米粒身邊經過，米粒慢慢地在人行道上走着，背後是空着的書包。去動物園的時候，她用書包裝了彩蛋，現在，她把彩蛋抱在胸前。

原來她只是想找一位願意照顧彩蛋寶寶的媽媽，只要有一位媽媽願意留下彩蛋，她就放下彩蛋離開。可是現在，她突然把彩蛋抱得很緊，她不放心把彩蛋交給不負責任的媽媽。

走得累了，米粒就在街邊的木椅上坐下來。她把彩蛋放在椅子上，對它說：「我還能去哪兒找你的媽媽呢？」

一條黑色的狗拖着長長的尾巴來到她的身邊坐下來，側着頭看了她很久，然後問：「你在長江路小學讀書？」

米粒點點頭，她覺得這條狗看起來很眼熟，就像隔壁鄰居家的狗，雖然不是自己養的，但並不覺得陌生。

黑狗説：「我見過你的，原來長江路小學也招收狗學生的，我就在那裏學過算術，真的，我會做算術。」狗這樣説着話的時候，把有一點兒白毛的尾巴捲起來，好證明他就是當年的那條狗。

米粒終於記起來了，學校的門衞潘爺爺收養過一條黑色的狗，尾巴上就有一點點白色的毛。

潘爺爺給狗起名博士。狗博士能準確地解答 10 以內的加法和減法，比如：潘爺爺問 5 加 5 等於幾，狗會連着叫 10 下，決不會因為叫得久了就叫昏了頭出現多叫一下或者少叫一下的差錯；潘爺爺再問 8 減 7 等於幾，狗就乾乾脆脆地叫一聲：「汪！」

潘爺爺把教狗博士的方法大大地宣傳了一陣子。學校附近有一些爺爺奶奶都用這樣的方法去教他們家的貓啊、鳥啊，但是沒有一個比潘爺爺更加成功的。

後來，狗博士就不見了，聽説狗博士去了劇院，當了劇院的演員。

米粒沒有想到會在這裏遇到狗博士：「你是狗博

士？」

黑狗很激動：「你叫我博士？很長時間了，沒有人這樣叫我，大家就叫我黑狗。知道嗎？我被安排在馬戲團，表演騎獨輪車，我的智慧沒有被人重視。」

米粒知道那個劇院，那裏每天晚上上演《海的女兒》，而每天下午，就上演馬戲。

狗博士說：「最讓我想不到的是，大家都看厭了狗騎自行車，現在改成看猴子騎自行車了。我就成了多餘的了。」

看得出來，狗博士流落街頭已經有一段時間了，他的狗毛明顯有些髒。

米粒在書包裏找出一塊麪包給了狗博士。狗博士啃着麪包，有一些被噎住的樣子，他伸伸脖子有些神秘地說：「我知道一個地方，和這裏不太一樣，真的，不過離這裏不遠的，只要坐上地鐵就到了，你想去嗎？」

米粒說：「我正在幫這個彩蛋找媽媽。」

狗博士說：「我認識的那個地方有一家彩蛋描繪工廠，真的，我就是看見這個彩蛋才注意到你的。」

「彩蛋描繪工廠？」米粒覺得自己這段時間真是太蠢了，為什麼沒有想到過，這個蛋是別人畫成彩色的。

米粒抱着蛋來到城市中央的噴泉那裏，想用噴泉的水洗掉蛋上的花紋。她多麼希望這個蛋上藍白相間的條紋是畫上去的。它原本應該是白色的或者是粉色的，或者是淡綠色的，而它的媽媽或許就是雞媽媽、鴨媽媽或者鵝媽媽。

可是，很快米粒就發現，她沒有辦法洗去蛋的顏色，一點點都沒有洗掉。

米粒開始想那個彩蛋描繪工廠，既然那裏能把白色的蛋畫成是粉色的，或者是淡綠色的蛋畫成是彩色的，那也一定能把這個彩色的蛋畫成白色的或者粉色的，又或者是淡綠色的。

狗博士看出米粒想去那個彩蛋描繪工廠了，他說：「我一直想去那裏，想了很長時間了，我很樂意做你的嚮導。只是，只是，去那個地方是需要錢的，我沒有錢。」

米粒摸了摸自己的口袋，她的口袋裏有幾張疊得整整齊齊的錢幣，一張是伍元的，還有兩個硬幣，是壹元的。她從口袋裏掏出那幾張錢幣。

狗博士看了看，說：「夠了，我們兩個人的車票都夠了。」

於是，狗博士在前面走，米粒在後面跟着，她黃黃的小辮子一翹一翹的，她的手裏緊緊地抱着那個奇怪的彩蛋。從他們身邊經過的公車越來越少，最後，他們走到了一個很冷清的車站。

這是一個地鐵車站，車站裏只有零散的幾個行人，相互都沒有交流，大家很有禮貌地把路讓給對方，即使路寬得足以和對方並行，也會做出讓的動作。

在一個角落裏，掛着一塊斑駁的車站牌，標着地鐵的路線：起點站是長江路，終點站是沼澤地。

米粒一直不知道，這個城市裏，就在長江路小學附近有一列通往沼澤地的地鐵。

08
通往沼澤地的地鐵

這是一列通往沼澤地的地鐵，在地鐵車廂裏，米粒遇到了一位臉上長着雀斑的男孩，原來他是一位野鴨男孩。

坐上地鐵，米粒就聽見奇怪的汽笛聲，響亮的時候，像在敲打一個古老的鐘；低沉的時候，像是一位胖子在歎氣。一高一低兩個聲音交替響着。

列車的司機是一位胖胖的叔叔，他從車頭上了車。他穿着藍色的工裝褲，胖胖的身體被裹得很緊很緊。他張開大大的嘴巴，對米粒笑了笑，米粒發現他臉上的肌肉很僵硬。這讓他更加像一位經驗豐富的老司機，看上去更加讓人放心。

地鐵裏只有幾位乘客。狗博士不再説話，趴在靠窗的座位上打盹。

米粒怕彩蛋受不了**顛簸**[①]，脱下外套墊在座位上，再把彩蛋放進書包。彩蛋很安靜，在列車的搖晃中睡

---

① **顛簸**：震動、起伏搖動的意思。「簸」：粵音「播」。

着了。

米粒也感覺要睡着了。列車快速行駛着，窗外的景色在不斷變化，天色暗得特別快，米粒好像看見列車的窗戶玻璃上出現了一隻黑貓的影子，哦，就是那隻長耳朵的黑貓。米粒不敢睡覺了，因為小眼鏡安迪說過要提防貓的。

列車鑽進了一個黑色的山洞，地鐵裏的燈一下子全亮了。

米粒發現在離她比較遠的地方，坐着一個小男孩。男孩長得有些矮胖，臉上還有一些雀斑，男孩的衣服是灰色的，看上去很乾淨。他的手裏拿着一支短笛，很像畫上那種放牛的孩子。

男孩感覺到燈光有些刺眼，就挪了一個位置，正好坐到了米粒對面的位置上。米粒的目光和男孩的目光相遇了。

米粒對男孩笑了笑，問：「你也去沼澤地嗎？」

男孩點點頭，說：「是的，我趕在太陽出來之前回到沼澤地。」

米粒又問：「你的笛子可以吹嗎？」

男孩點點頭，拿起笛子吹了起來。

米粒不知道男孩吹的是什麼曲子，有的時候聽起來像是風聲和水聲。

男孩吹着笛子的時候，米粒不知不覺就睡着了。

一直到地鐵停下的時候，米粒醒過來，看天色，已經不是晚上，而是清晨。一縷陽光照射到列車上，列車完全被光芒籠罩着。米粒覺得非常奇怪，她坐上地鐵的時候是傍晚，僅僅過了沒多久，到達的地方卻是清晨。

狗博士歡快地跳躍着。他對米粒説：「列車一過山洞，我就醒了，到了這裏，我就回到了家裏。」

米粒下了列車，就找不到狗博士了。她回頭看到了那個吹笛的男孩的背影，男孩正甩着他的笛子和胖司機道別。

男孩的手擋住了胖司機的臉，等男孩把手放下的時候，米粒驚奇地發現胖司機原來是一隻胖胖的河馬。他寬厚的大嘴永遠咧開着，好像在微笑。

河馬胖司機發現米粒在看他，就改變了方向更加用力地揮手，很明顯他是在向米粒揮手。

米粒也向河馬胖司機揮揮手，她不知道這裏離城市很近還是很遠。就在她**發愣**[①]的時候，列車已經在汽笛聲中遠去。

[①] **發愣**：失神、發呆的意思。「愣」：粵音「令」。

站台上，穿灰衣服的男孩轉過身來，米粒猛地發現，男孩——那個穿灰衣服、臉上有雀斑的男孩原來是一隻野鴨子。野鴨男孩舉着他的短笛向米粒揮了揮，就搖擺着離開了。

米粒望着野鴨男孩遠去，又好像看見那隻黑貓的影子出現在野鴨男孩的旁邊，米粒覺得自己有些糊塗了。

狗博士突然出現在米粒身邊，好像是從地下冒出來的。

狗博士說：「別到處亂看，小姑娘，到了這裏，就得聽我的了。」他說話的時候，露出有一些尖的門牙來，米粒覺得狗博士有些像狼狗了。

狗博士帶着米粒走出站台，來到一片潮濕的水窪地。水窪地裏長滿了綠色的植物，開着一些淡紫色的小花。

米粒猶豫着不想走進去，她感覺這裏離城市應該是很遠很遠了。

狗博士好像看透了米粒的心思，說：「這裏離城市不遠的。」但是，米粒不相信城市的附近會有這樣大的一片沼澤地。

她開始有些後悔到這個地方來，她的口袋裏已經沒有硬幣，她問狗博士：「如果回城裏，是不是仍然要買了票，坐了地鐵回去？」

狗博士説：「那當然。」

米粒説：「那就糟糕了，我已經沒有錢了。」

狗博士一拍腦袋説：「我忘記你還要回城裏的，我反正是不想回去了。或者你先在這裏住一段日子，回城的事，以後再説好了。」

狗博士到了城裏沒有路費回到沼澤地，就一直在城裏流浪；到了沼澤地沒有路費回城裏，就一直在沼澤地流浪。

米粒可不想過流浪的生活。

09
水手

米粒看見了用彩蛋換油燈的水鼠，他說自己曾經是一名經歷了大風大浪的水手，而現在是彩蛋加工廠的主人。

蘆葦地裏陽光燦爛，蘆葦輕輕地在風裏搖動。米粒催促狗博士儘快帶她去彩蛋加工廠。

狗博士說：「其實，彩蛋加工廠只是一個很小很小的地方，加工廠的主人是一隻穿着藍白條紋的水鼠。」

狗博士簡單介紹了水鼠。

水鼠生活在一片蘆葦地的南面，是最通風、最適合曬太陽的地方。他的家裏有一艘破舊的蘆葦小船。

狗博士在城裏流浪的時候，遇到了水鼠。水鼠戴着藍白相間的手套和狗博士握手。

當時，正是狗博士從劇院逃出去的時候，心情很糟糕，水鼠的心情卻很不錯。

水鼠對狗博士自我介紹說：「我叫水手，經歷過大風大浪的，有什麼困難就對我說好了。」

狗博士說自己剛剛失去了工作。

水手說：「這沒有關係，我在海上的時候，差點兒翻船，失去工作算不上什麼的。」

狗博士聽不出失去工作和翻船之間有什麼聯繫，但是，他覺得這隻水鼠一定是經驗豐富的水手，水鼠的經歷一定不平凡。

水手果然是有經驗的，他說了很多關於海盜的故事。他說他在海上當水手的時候，曾經遇到過一次海盜。海盜把他們的所有食物，大豆、米、花生，包括麪包和果醬，都搶劫一空，最後只剩下一條空的蘆葦小船。

看樣子，水手是死裏逃生。

水手最後說：「不過很遺憾，我一直都沒有看清海盜的真面目。」

米粒本來對水鼠沒有什麼好的感覺，但是聽起來，這隻水鼠倒像一位真正的水手，就像她崇拜的大力水手。不知道他為什麼畫起了彩蛋？

狗博士在離開蘆葦有一段距離的時候就開始叫：「水手，水手！」

那隻叫作水手的水鼠正在修理他的蘆葦小船。

蘆葦小船的桅杆已經斷了，這幾年，一直都擺放在蘆葦中央的一片空地上，顯示着水鼠曾經遠航的不平凡經歷。

水手看見米粒抱着彩蛋走過來，心頭「撲通」跳了一下。他一眼就能認出，這個藍白相間的彩蛋是他帶到了城市裏，和一個戴着眼鏡的小男孩換了一盞油燈的那個，可是，現在卻由一個小女孩帶了回來。

他想退回到蘆葦小船後面的蘆葦小屋裏去。

但是，狗博士已經叫住了他：「水手，親愛的伙計，我給你帶來了一位朋友。」

水手只能伸出他四個手指頭的手。米粒看了看水手藍白相間的手套，感覺有些彆扭，把自己已經伸出的手又縮了回來。

水手很不高興地縮回手，在藍白汗衫的下擺擦了擦。他對狗博士說：「博士，你是條聰明的狗，請問，你帶這位小姑娘來做什麼？」

狗博士在水手的耳邊嘀咕了幾句，水手向米粒瞟了幾眼，就樂了。

他們把米粒讓進了蘆葦小屋。小屋的中央放着一張桌子，桌子上有一盞小小的油燈，這盞油燈就是水手從小眼鏡安迪那裏換來的。

米粒看了看油燈，覺得這個油燈已經很舊了，但是在有風的夜晚，蘆葦小屋裏一定少不了這盞發出光和熱的油燈。

這會兒，她想起一首兒歌：「小老鼠，上燈台，偷油吃，下不來。」不過她沒有把兒歌唸出來，因為兒歌裏的老鼠是一個不光彩的小偷。

10
彩蛋加工廠

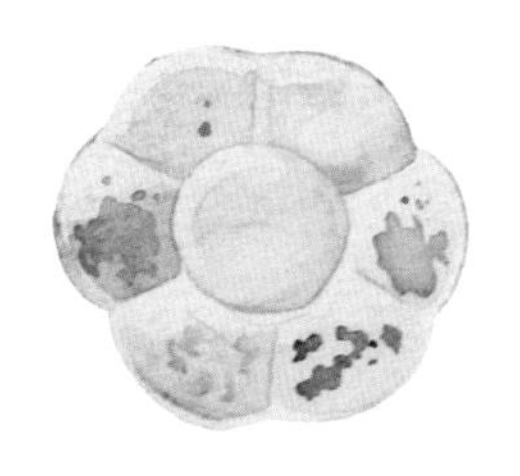

水手和狗博士把米粒帶到彩蛋加工廠，設下圈套讓米粒留下彩蛋，接着把米粒獨自留在沼澤地。

參觀彩蛋加工廠好像是一件很神秘的事情，因為水手一再表示：「這個地方除了狗博士，沒有別的人參觀過。」

水手對米粒說：「我必須蒙住你的眼睛，才能帶你去彩蛋加工場。」

米粒有些不樂意。

狗博士說：「你就當是玩一個遊戲，嗯，比如是玩『瞎子摸象』遊戲，哦，不，你沒玩過那個遊戲，對了，就比如玩『猜猜是誰』的遊戲。」

米粒倒覺得有些像在玩「好人壞人」的遊戲。

狗博士讓米粒拿出自己的手絹蒙住眼睛，接着遞給米粒一根蘆葦稈，他自己握住這根蘆葦稈的另一端，帶着米粒在蘆葦叢中走了很長一段路，轉了好幾個彎。終於，水手說：「到了。」

狗博士解下米粒眼睛上的手絹。米粒面前是一間小小的蘆葦房子。

米粒想：「在這個蘆葦叢中，到底有多少間這樣的蘆葦小房子啊？這樣的房子裏都住了誰呢？」

米粒沒想到彩蛋加工廠其實是一間空的房子。牆角堆着一些鵝卵石，屋子的另一個角落放着一張桌子，桌子上放着顏料、油畫筆。雜亂的樣子讓米粒懷疑水手曾經是一位永遠找不到靈感的畫家。

米粒想起爸爸曾經丟掉過一些畫筆，筆桿上都刻着「米」字，她就拿起畫筆看了看，沒有看見有「米」字的畫筆。

狗博士說：「我知道你的爸爸是畫家，但是，水手怎麼可能拿你爸爸的筆呢？」

米粒很不好意思，胡亂懷疑別人是很不好的，特別是對這樣一位勇敢的水手。

狗博士對米粒說：「現在把你的蛋拿出來吧！我們可以把它畫成別的顏色的蛋，這樣它可能會找到照顧它的主人。」

水手接着說：「別擔心，畫彩蛋是我的專長，比如把它塗成黑白斑點的。也許畫成這樣，鵪鶉媽媽就可以照顧它哦。」

米粒搖了搖頭，說：「你還是把它塗成**達．芬奇**[①]畫的那種蛋吧，我不想讓鶴鶉媽媽照顧它。」

水手不知道達．芬奇是誰，事實上，他一個畫家也不認識。他曾經認識幾位畫風箏和做臉譜的民間藝人，向他們偷學了一些塗色的本領。

但是，水手不想讓米粒覺得他不懂藝術，所以他說：「放心好了，明天早上，你會看見達．芬奇那樣的蛋的。但是，這需要時間，所以，你只能把它留在這裏了。」

米粒擔心地問：「到了晚上，如果彩蛋寶寶吵着要媽媽，誰來給它講故事？」

水手拍着他的胸脯，說：「放心好了，我不會離開他半步的。」水手在調色盤裏調好了顏色，還在鵝卵石上試了試顏色的深淺。

米粒這才放心了，對彩蛋寶寶說：「彩蛋寶寶，今天晚上讓水手陪你吧，明天我就來接你回去。」

於是，彩蛋寶寶和水手留在彩蛋加工廠，狗博士帶着米粒回去。

狗博士又蒙住了米粒的眼睛，帶着米粒繞了好幾

---

① **達．芬奇**：另譯名為李安納度．達文西 (Leonardo da Vinci)，意大利文藝復興時期著名的畫家。知名作品包括《蒙娜麗莎》和《最後的晚餐》。

個圈，最後到了沼澤地的水地旁邊。

狗博士說：「這裏是青蛙們居住的地方，很安全的，你就在這裏聽青蛙唱歌，等我去借了船就接你去我的家裏。」

狗博士離開以後，米粒獨自在水地邊走着。她看見一些奇奇怪怪的水草花，都是在媽媽的生物書上沒有看見過的。

狗博士走了一段路，又回來，不放心地說：「剛才忘記告訴你了，沼澤地裏有一個地方，你可千萬別去哦，那裏是鱷魚花園。」

米粒認真地點了點頭。

水氣籠罩在沼澤地的上面，讓沼澤地變得陌生而神秘。狗博士很快就消失在沼澤地的水霧裏。

狗博士走了很長一段路之後，回頭看看，已經看不見米粒，於是他改變方向，直奔水手的彩蛋加工廠。

水手正在蘆葦小屋裏等待着狗博士回來。

水手說：「我還以為看不見你了呢！你常常到了城裏就再也不回來了。」

狗博士得意地說：「回來？有那麼容易嗎？這個女孩已經是三年級的女孩了，要把她騙來再甩掉她，容易嗎？」

水手一個勁地點頭，說：「是，是，是，要不，我也不會和你合作發財了。」

狗博士得意地搖着他有點兒白的尾巴，說：「我的流浪是有收穫的。你看，我把你隨便換給別人的蛋弄回來了。」

水手說：「現在還不能算完全成功。明天，這個小女孩來拿蛋的時候，我們怎麼辦？」

狗博士說：「你怎麼這樣蠢，她是蒙着眼睛走到這裏的，還被我們故意繞了很多很多彎，她能找到這裏？就算來了，我們就不能另外找一個給她以假亂真？」說完又在水手的耳邊嘀咕了幾句。

水手佩服地看着狗博士，翹起他那個藍白相間的大拇指。

11 水鼠的油燈

水手和狗博士相遇，相互「欣賞」，他們決定用偷蛋和用鵝卵石冒充蛋的方法發財。

狗博士在這個沼澤地裏是沒有家的。狗博士固執地認為，一條狗把家安在沼澤地裏是笑話。

狗博士到沼澤地裏來完全是因為認識了水手，他們是在城市裏相遇的。

水手第一次進城，選擇在復活節，因為水手把一個白色的蛋畫成了藍白相間的復活節彩蛋。

水手把白色的蛋畫成彩蛋是因為這個蛋是他偷來的。他認為白色蛋畫成彩色蛋就沒有誰弄得清楚這是什麼蛋了。

他得意地推着彩蛋在街頭走着，迷失了方向，剛好遇到了狗博士，他向狗博士問路。

狗博士很會認路，他會在自己走過的路上留下一些記號（諸如大小便）。水手問他路的時候，他讓水手聞着他的大小便味道走。水手鼻子也很靈，一處都

沒有漏掉。

結果，水手遇到了小眼鏡安迪，用彩蛋換回了一盞油燈。

水手拿着油燈高興地哼着小曲，回去的路上又撞上了狗博士。這是肯定的，因為水手走的路全是狗博士做了記號的路。

狗博士説：「伙計，你樂成這樣，就因為有了一盞油燈？」

水手點點頭，説：「是啊，水鼠有一盞油燈是多麼了不起的事情啊，冬天鑽進地底下生活的時候，就會有光了，到了春天也不會見了陽光連眼睛也睜不開。」

你想想，在冬天的夜晚，這盞小小的油燈發出溫暖的光，照射在泥洞的四周，水手的影子顯得很高大很高大。每當這個時候，水手的感覺會多麼好啊！

狗博士鼻子裏「哼哼」了幾下，説：「伙計，你也太沒有頭腦了，這樣好的一個蛋，換一盞油燈，太虧了。」

水手張大了嘴巴：「難道應該換兩盞油燈？或者，換更多的油燈？」

狗博士發出「咊——」的聲音，他覺得水手真是

個**不開竅的土疙瘩**[1]。他說：「別說是換油燈了，依我看，就算換了電燈也還是虧了。」

水手根本不懂電燈，但他已經覺得自己吃大虧了，開始佩服狗博士。他討好地說：「要不，以後再弄到蛋的時候，我們一起想想怎樣發財？」

狗博士把尾巴捲得很高，一副有學問的樣子。他慢條斯理地說：「就說賣彩蛋吧，也是一個不錯的買賣嘛。不過啊，這個蛋——從哪裏來呢？這個蛋——我和你自己都是不會下的，這個蛋——也不是哪裏可以隨便撿到的，這個蛋……」

水手小小的黑眼珠骨碌碌一轉，說：「可以從河邊弄些鵝卵石來，用鵝卵石冒充蛋。」

狗博士說：「這也算是個好主意。」接着他又懷疑地問，「這麼說，你剛才換給那個男孩的也是鵝卵石？」

水手說：「當然不是了，我給那個男孩的是一個真正的蛋。但是，偷一個真正的蛋太難太難，知道嗎？我到現在還提心吊膽，心裏又害怕又有些後悔。」

狗博士想想也是，偷一個真正的蛋的確不是件容

---

[1] **不開竅的土疙瘩**：形容一個人忠厚老實。「疙」：粵音「屹」。「瘩」：粵音「答」。

易的事情，如果被抓到那就完蛋了。不過他不說洩氣話，他說：「不管多難，我們也不能退縮，我們不能一輩子做窮光蛋。你說是嗎？」

水手覺得狗博士真是有膽量，有眼光。

狗博士說：「所以，我們一起開一個彩蛋加工廠，如何？你負責偷蛋、畫蛋，我負責賣蛋。」

水手盤算了一會兒，覺得自己偷蛋有些問題，畫蛋應該是沒有問題的。

狗博士說：「如果偷蛋實在太難，我們就用鵝卵石冒充蛋，這總可以了吧。」

水手覺得這樣是徹底沒有問題了，他盤算着：「如果我用冒充的彩蛋換了很多很多的油燈，那我的家裏就變得很明亮很明亮，夜裏都可以玩了。」

就這樣，他們合夥開了這彩蛋加工廠。可是，開了沒多久，狗博士就去了城裏，因為沒錢，狗博士一直都在城市裏流浪，沒有回到沼澤地。水手天天盼狗博士回來。

他實在沒想到狗博士會帶回他虧本換掉的彩蛋。還讓米粒乖乖地把蛋留下，乖乖地離開。

狗博士說：「現在好了，我們有了這個真正的彩蛋，我們可以賺很多的錢。當然，你再畫一些假冒的

彩蛋，我們賺夠錢就去買一條大船，一條真正可以航海的船，做一次真正的航海。你那條蘆葦船，連在池塘裏都沒有辦法航行。」

水手說：「我是經歷過海上的大風大浪的，真的，只不過我沒有看清海盜的臉。」

水手開始擔心賺太多的錢以後，狗博士真的去買一條船，真的讓他到海上去，到時候真的遇到海盜。

於是水手說：「我還是想要油燈，我家的地窖裏還需要 5 盞油燈。」

除了油燈，水手好像不需要別的了。

為了油燈，水手願意整夜整夜地畫彩蛋。而狗博士，只需要在旁邊打盹。

天亮的時候，狗博士醒過來，他看見屋子裏滿地的「彩蛋」，他問水手：「那個真正的彩蛋呢？」

水手停止了繪畫，是啊，那個真正的彩蛋呢？連他自己也分不清、找不到了。

12 青蛙一米和一百厘米

在沼澤地裏，米粒居然遇到了女巫森林裏見過的朋友青蛙一百厘米。米粒這才知道自己上當受騙了。

米粒在池塘邊等啊等，一直都沒有看見狗博士來。

遠遠地聽見兩隻青蛙在池塘對面爭吵，他們一個說：「我跳得比你遠，我跳一下是整整 1 米。」另一個說：「我才是冠軍，我跳一下是整整 100 厘米。」

米粒的頭腦中立刻出現了一道數學公式：1 米 = 100 厘米。

於是，米粒向兩隻青蛙叫着：「喂——你們需要裁判嗎？」

兩隻青蛙「呱呱」地叫着回答：「你可以嗎？我們已經為這個問題爭吵了 2 個月了，這是很難的事情哦！」

他們話音剛落就已經跳到了米粒的腳邊。

其中一隻胖一些的青蛙叫起來：「你是米粒？真

沒想到，我們又在這裏見面了。」

米粒仔細一看，那隻胖一些的青蛙竟然是青蛙一百厘米。不用說，另一隻瘦一些的青蛙就是青蛙一米了。

一百厘米從糖巫婆的森林回到沼澤地已經有一個多月了。他在女巫森林的經歷讓青蛙一米非常羨慕。

青蛙一米跳到米粒前面，很崇拜地說：「我聽青蛙一百厘米說過，您會爬樹。我不會爬樹。」

米粒說：「我是會爬樹的，但是，我不會在荷葉上跳。」

青蛙一米聽了很高興，他問：「我們青蛙都會在荷葉上跳的。城裏的孩子也都會爬樹嗎？」

米粒想了想說：「我猜城裏的大部分孩子都不會爬樹，他們的爸爸、媽媽不讓的。」

青蛙一米說：「那你的爸爸、媽媽怎麼讓你爬了？」

米粒說：「因為他們小時候都爬過樹。」

青蛙一米說：「你從城裏到這裏來是特意為我們做裁判的嗎？」

米粒說：「當然不是，其實你們兩個都是冠軍，1 米就是 100 百厘米。」

青蛙一米指着一百厘米説：「這麼説，我和你一樣了不起。」

青蛙一百厘米指着一米説：「是啊，或者説，你和我一樣了不起。」

兩隻青蛙一起往上跳了跳，落下來的時候還相互擊了掌。他們以後就不用為誰跳得遠爭吵了。

青蛙一百厘米突然問：「對了，你是怎麼到這裏的？」

米粒説起了那個彩蛋，説起了那條黑狗，説起了名叫水手的水鼠。

青蛙一米告訴米粒，水手其實是一隻哪裏都沒有去過的老鼠。他划着那條蘆葦船想在池塘裏行使，但是因為漏水失敗了。真的，是青蛙哥倆救了他，把他的蘆葦船推上了岸。

米粒有些糊塗了。狗博士説起的水鼠好像是一位經歷過風雨的水手，他去過大海，還遇到過海盜。

青蛙一米和青蛙一百厘米笑得肚子都鼓起來了。他們一致認為，狗博士是一條壞狗。

青蛙一百厘米很誇張地説：「你沒有看出來嗎？狗博士是一個騙子，而水鼠，他是一個小偷。」

米粒一直都聽爸爸、媽媽和老師説起騙子和小

偷，可是，從沒有想過騙子和小偷以狗和老鼠的形式出現在她的面前。

從一開始，潘爺爺養過的狗就在騙着米粒。米粒因為相信潘爺爺，也就相信了離開他的狗，因為相信了狗又相信了水鼠。上當受騙就是這樣簡單的。

米粒很後悔自己隨隨便便就跟着狗博士到了沼澤地，隨隨便便就把彩蛋寶寶交給了壞蛋。

大家開始為彩蛋寶寶擔心。青蛙一米很了解水鼠，他說：「我覺得我們還是儘快找回彩蛋寶寶。彩蛋寶寶落在狗博士手裏的時間越長，危險就越大。」

青蛙一百厘米說：「這件事情只有找野鴨幫忙了，他熟悉蘆葦地裏的路。」

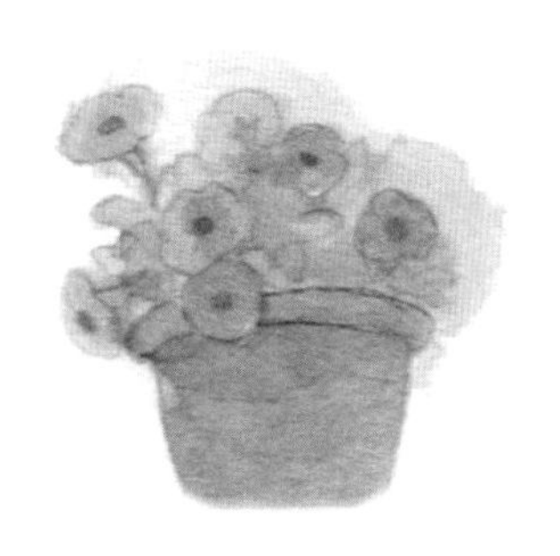

13 黑貓偵探

米粒在野鴨男孩的家裏遇到了黑貓偵探，在大家的共同努力下，黑貓偵探營救彩蛋的任務有了重大突破。

為了營救彩蛋寶寶，青蛙一米和一百厘米帶着米粒去尋找住在蘆葦裏的野鴨，因為只有野鴨認識蘆葦裏的路。

野鴨的家在蘆葦叢的東南面。他的家也是用蘆葦稈紮成的，窗戶上掛了幾雙蘆花鞋子和一根蘆葦笛子。

米粒認出這根笛子，就是地鐵裏那個小男孩的。原來那個穿着灰衣服、臉上有雀斑的男孩就住在這裏。

米粒對野鴨男孩笑一笑，野鴨男孩只點了點頭，有些不好意思的樣子，就像他們第一次見面時的神情。

而野鴨男孩看青蛙一米和青蛙一百厘米的目光

就完全不一樣了。他伸出手，分別和青蛙一米、青蛙一百厘米拍了拍手。米粒看見他們的手是一樣的，都有着善於滑水的蹼。野鴨男孩好像對上了暗號，擺動着尾巴，顯得很歡快。

青蛙一百厘米説：「我帶這個小女孩到這裏來，不光因為她是我的朋友，最重要的是為了一個可憐的彩蛋寶寶。」

野鴨男孩説：「進屋説吧，已經有人在裏面等待你們很長時間了。」

米粒、青蛙一百厘米和青蛙一米進了屋子，看見一隻黑貓坐在屋子的中間。

「啊，黑貓。」米粒叫起來，「他也來了，小眼鏡安迪説他是壞蛋。」

「錯。」黑貓説，「我是一名偵探，為了尋找彩蛋寶寶，我從沼澤地到了城市，又從城市到了沼澤地。」

野鴨男孩用很**扁**[①]的聲音接着黑貓偵探的話題説：「他是我們沼澤地裏的神秘偵探，我知道他。他説他懷疑我的鄰居水手偷了一個蛋，這太讓人生氣了！我

① **扁**：形容用喉嚨發聲時的聲音，聽起來沒有厚度，就像鴨子的叫聲。用丹田發聲時，聲音聽起來較圓潤。

一直都以為我的鄰居是貧窮而富有幻想的水鼠，從來都沒有想過他會偷蛋。至於那條黑狗，我覺得應該把他趕出我們的沼澤地。」

米粒顧不上責備自己，着急地說：「現在最主要的是趕快找到彩蛋加工廠，找到那個藍白相間的彩蛋。可是，他們把我的眼睛蒙住了，我不知道彩蛋加工廠究竟在哪裏。」

黑貓偵探說：「現在，請允許我正式委託野鴨當我的助手。」

野鴨男孩神情嚴肅地說：「現在，我正式接受黑貓偵探的委託，為大家帶路。」

野鴨男孩熟悉蘆葦地裏的每一個角落。大家很快就來到了水手的彩蛋加工廠。讓米粒覺得意外的是，蘆葦小屋裏收拾得整整齊齊，散亂的畫筆已經不見了，只看見滿屋子藍白相間的彩蛋。

而水手和狗博士早就不見了蹤影。

青蛙一百厘米和一米叫起來：「天哪，這是怎麼回事？他們哪裏偷來這樣多的彩蛋寶寶？」

米粒想起她曾經看見屋子裏堆滿了鵝卵石的，所以她說：「我猜這些彩蛋大部分是鵝卵石。可是，它們都一模一樣，哪個是我們要找的彩蛋寶寶呢？」

青蛙一米說：「你不是會和彩蛋寶寶說話嗎？你叫彩蛋寶寶，答應你的就是你的彩蛋寶寶啊。」

米粒想起她只在自己的房間裏聽彩蛋說過話，在其他時間和其他地方，彩蛋都像一塊沉默的石頭。

黑貓偵探說：「現在只有一個辦法了，把滿屋子的彩蛋都運走，找一位媽媽來照顧他們，直到彩蛋孵出小寶寶。」

野鴨男孩果斷地說：「現在只有用水手的船了。」

青蛙一米和青蛙一百厘米說：「這是一條危險的船，説不定會沉沒的。」他們對這條船太熟悉了。

野鴨男孩說：「如果米粒可以當舵手，我保證這條船不會沉沒。」

米粒的心「怦怦」跳着，她不知道自己能不能當舵手，不過她說：「我會騎自行車的，我還會開碰碰船。我開碰碰船的時候一次也沒有和別人碰過。」

青蛙一百厘米覺得好笑:「開碰碰船不和別人碰？那乾脆把碰碰船改名叫『碰不着船』好了。」

野鴨男孩說：「這樣最好，我猜你是一位好舵手。」於是大家把所有的「彩蛋」搬上了船。

黑貓偵探說：「好了，伙計們，你們都很了不起，我相信你們會完成任務的。而我，我要留在這裏，抓住水手和狗博士。」

野鴨男孩又檢查了水手的那條破舊的蘆葦小船，發現船底有兩個洞，他讓青蛙一米和一百厘米當綠色的軟木塞。而他自己張開了翅膀當船帆。

米粒站在船頭，手裏握着方向盤，她的眼前是一叢叢的水草。蘆葦船在水草之間航行，就像她開着碰碰船一樣，一點兒也沒有和水草相碰。

蘆葦叢中，水手和狗博士**耷拉**[1]着腦袋，他們黑黝黝的眼睛望着遠去的蘆葦船。他們怎麼也沒有想到，米粒、野鴨男孩還有青蛙會有膽量行使這條危險的船，並且會運走所有的「彩蛋」。

---

[1] **耷拉**：形容下垂的樣子。耷拉着腦袋，代表垂頭喪氣的意思。「耷」：粵音「答」。

14 短尾巴鱷魚

在鱷魚花園，米粒遇到了一位偉大的鱷魚媽媽，她就是彩蛋寶寶的媽媽。在米粒即將離開沼澤地的時候，小鱷魚出生了。

蘆葦船開進了一個窄窄的水域。水邊的植物多起來，每一種植物都被修剪成整整齊齊的橢圓形。

在一個拐彎的地方，米粒看見一塊陳舊的路牌：鱷魚花園。

米粒猶豫起來，她記起，狗博士曾經告訴她千萬不要到鱷魚居住的水域。

野鴨男孩好像看出了米粒的擔心，他肯定地説：「沒有關係，你可以繼續向前。」

青蛙一米和青蛙一百厘米説：「我們常常到這裏玩耍，這裏住着一位最傷心的鱷魚媽媽。」

花園裏，穿着藍色圍裙的鱷魚媽媽正在修剪水葫蘆。水葫蘆已經開了淡紫色的花，她把水葫蘆修剪成橢圓形的一堆又一堆。

「歡迎你們。」鱷魚媽媽停止了手裏的活兒，她和青蛙、野鴨都很熟悉。

她的眼睛越過野鴨的翅膀，看到了船上的蛋，說：「真奇怪，你們怎麼有這麼多的蛋？而且是藍白相間的，哎，而我只想找回我的蛋寶寶，一枚普通的、白色的蛋。」

米粒注意到鱷魚媽媽的尾巴特別短。尾巴對於鱷魚太重要了，鱷魚媽媽因為尾巴短不能遊到鱷魚花園以外更遠的地方，她只能在所有附近的水草中尋找她的蛋寶寶。

可是，結果總是讓她失望。她開始把所有的水草都修剪成橢圓形，就像蛋的形狀。

米粒想起了誇耀自己蛋寶寶的鵪鶉媽媽，想起只顧着自己孩子的母雞阿黃，想起虛假的烏龜媽媽，還有不負責任的飛蛾媽媽。她覺得眼前的鱷魚媽媽和她以前看見的媽媽都不一樣。

米粒試探着問：「我們遇到了難題，和蛋有關，您能幫我們嗎？」

「說吧，只要是我能做到的。」鱷魚媽媽願意做一切和蛋有關的事情。

米粒說：「這條船上肯定有一個彩蛋是真正的蛋，

其餘的可能都是鵝卵石做成的。我們無法分清，您能幫我們找到真正的蛋並照顧它嗎？」

這正是鱷魚媽媽希望的，她希望她的鱷魚蛋寶寶也能遇到願意照顧蛋寶寶的媽媽。

她激動地說：「哦，我是短尾巴鱷魚，很多地方我不能去，但是我知道怎麼照顧蛋寶寶。」

青蛙和野鴨一致認為鱷魚媽媽是最適合照顧蛋寶寶的了。大家把一船的彩蛋一個一個滾下來，交給鱷魚媽媽。

鱷魚媽媽吻了所有的彩蛋，但是她沒有找出真正的蛋來。鱷魚媽媽說：「沒有關係，我會照顧這裏的每一個『彩蛋』。」

米粒沒有想到鱷魚媽媽灰色的身體裏會裝着這樣多的愛，為了一個蛋寶寶，她連鵝卵石都一起愛了。米粒終於可以安心地坐上地鐵回城市上學了。

傍晚，米粒依依不捨地和沼澤地的朋友們告別，她已經坐上了開往城市的列車，青蛙一米和一百厘米正一上一下地跳躍着和米粒告別。

米粒突然在站台上遇到了黑貓偵探，他押着水手和狗博士。

地鐵發出一長一短的汽笛聲，河馬胖司機準備開車了。

突然，野鴨男孩揮動着一條藍色的絲巾奔來了，他告訴大家：「鱷魚媽媽終於找到寶寶了。就在剛才，我們剛剛離開不久，其中的一個『彩蛋』裂開來了，跑出了一條小小的短尾巴鱷魚。」

「我料到會是這樣的。」黑貓偵探説，「我一直沒有告訴你們，委託我尋找蛋寶寶的就是鱷魚媽媽。」

這麼説，那個復活節的彩蛋原來就是鱷魚蛋寶寶啊！

黑貓偵探又一次出色地完成了任務。

青蛙一米和一百厘米跳了起來，他們用擊掌和跳躍表示他們快樂的心情。

米粒更加高興，回到城裏，她會把這個彩蛋的故事講給小眼鏡安迪聽。

沒過多久，地鐵正式出發了，大約半個小時的樣子，就回到了城市。和來的時候一樣奇怪，上車的時候是傍晚，到達城市就是清晨了，河馬司機又變回胖叔叔的樣子了。

15
故事後面的故事

關於復活節彩蛋的故事已經講完了，我們盼望那通往沼澤地的地鐵把安迪或者我們中間任何一位帶進一個全新的故事。

米粒把復活節彩蛋的故事講給小眼鏡安迪聽，文新雨和馬加力也聽見了，大家都覺得很驚險。

文新雨對米粒說：「我真羨慕你能做這樣有趣的夢。」

米粒認真地糾正文新雨：「我說的不是夢。」

但是，馬加力仍然堅持對小眼鏡安迪說：「你被米粒做到夢裏去了，而且你在夢裏和老鼠做交易。」

米粒認真地糾正馬加力：「我說的不是夢。」

小眼鏡安迪非常在意馬加力的話，他氣憤地說：「He is a bad rat（他是一隻壞老鼠），為了過一個温暖的冬天，居然偷了別人的蛋寶寶。」

馬加力更加添油加醬地說：「你還輸掉了你爸爸的油燈。」

小眼鏡安迪因為把爸爸大眼鏡的傳家寶油燈弄丟了，被爸爸責怪了一頓，但是他說：「如果我知道油燈對水鼠這樣重要，我願意送給他。」

米粒仍然認真地糾正大家說：「我說的不是夢。」

安迪終於向米粒點了點頭，他證明米粒說的不是夢，因為他認識米粒說的那隻自稱是水手的壞老鼠，他說：「I have met him（我遇到過他）。」

不久，學校發給每一位學生一本小小的冊子，叫《小學生安全守則》。

後來，門衞潘爺爺要退休了。他離開學校的時候，身後跟着一條黑黑的狗。潘爺爺說：「黑狗以前跟了我很多年，不知怎麼就走失了，最近高校長才把他從很遠的地方領回來。」

高校長對潘爺爺說：「老潘啊，好好帶好這條黑狗。到了鄉下，讓他幫你幹一些活兒。」

米粒認出那條黑狗就是狗博士。狗博士耷拉着尾巴，把有白毛的那段尾巴藏在身體下面。

一切都恢復了平靜。周末，米粒一家仍然會坐着地鐵去外婆家。

米粒看見開地鐵的司機是瘦瘦高高的男人，脖子特別長，她對司機看了又看，很懷疑司機是長頸鹿變

的。等到了鄉下，米粒又仔細地看了看司機，仍然是瘦瘦高高的男人，米粒嘀咕着：「他怎麼會不是長頸鹿變的呢？」

像狼外婆一樣的外婆帶着母雞阿黃來迎接他們。母雞阿黃戰勝了野貓，成了最勇敢的雞媽媽，所以外婆到哪裏都帶着她。但是，米粒覺得沼澤地的鱷魚媽媽比母雞阿黃更偉大一些。

到第二年的復活節，米粒也送給小眼鏡安迪一件特殊的禮物：一張地鐵的車票，終點站是沼澤地。

第 4 章

米粒和蛤蟆城堡

你有沒有去過神秘的蛤蟆小鎮？有沒有得到過蛤蟆送的小傘？長江路小學三（7）班學生米粒曾經經歷過或擁有過。

01
寂靜的水牛灣

小眼鏡安迪的爸爸安博士帶大家到水牛灣過周末，這是一個寂靜得像水墨畫一樣的地方。

米粒最怕的日子就是媽媽出差的日子，如果這一天剛好是休息日，那就慘了。她的爸爸米先生也許會關在家裏畫一天畫，米粒也只能在家裏待着，哪兒也不能去。

米粒必須自己想辦法來安排休息日。

小眼鏡安迪最快樂的日子是媽媽回美國的日子。他的媽媽是美國人，每過半年就要回家一次。這段時間，每到星期天，他的爸爸安博士肯定會帶他去水牛灣釣魚。

安迪不喜歡釣魚，但他在那裏可以捉到很多昆蟲。他邀請米粒一起去。

米粒馬上就接受了邀請，她猜想和小眼鏡安迪一起過的星期天，肯定會是最有意思的一天。

小眼鏡安迪是三（7）班最有科學家氣質的男孩，

夏老師說：「安迪是長江路小學的『**法布爾**[1]』。」法布爾是法國著名的自然科學家，從小就喜歡看**屎殼郎**[2]推糞。安迪也一樣。

米粒挺佩服小眼鏡安迪，甚至認為安迪對昆蟲的研究比當生物老師的媽媽更加厲害一些。因為媽媽面對的是標本和圖片，而安迪就不一樣了，他面對的是真正的昆蟲，所以，安迪能準確地描述放屁蟲放的屁有多臭，而媽媽是絕對不可能知道的。

小眼鏡安迪的爸爸安博士非常希望兒子和同學一起玩。從國外回中國以後，安博士一直都擔心兒子缺少中國同伴，所以安博士親自打電話邀請米粒和她的爸爸一起去水牛灣。他向米先生保證，在水牛灣寫生比關在家裏畫畫有意思多了。

星期天上午 9 點，米先生和安博士在茉莉公寓的樓下見了面。

「你好，博士。」

「你好，畫家。」

兩個爸爸見了面，高興地拉了把手。他們彼此都

---

[1] **法布爾**：為亨利・卡西米爾・法布爾 (Jean-Henri Casimir Fabre)，法國昆蟲學家，著有《昆蟲學回憶錄》或稱《昆蟲記》。

[2] **屎殼郎**：即蜣螂，或稱糞金龜。喜歡把糞便推成球狀的昆蟲。

覺得對方幫助了自己，今天他們都可以安心地做自己喜歡做的事情了。

他們分別準備了外出的物品。安博士在汽車後備廂放好了釣魚用的漁竿、魚餌，還有裝魚的水桶。

小眼鏡安迪帶着裝蟲子用的瓶子，還有觀察蟲子用的放大鏡。

米先生背着一個大大的畫架，他把一大包的顏料、調色盤和畫筆放在汽車的後備廂裏，和安博士帶的魚餌靠在一起。

米粒背了一個小小的畫架，還拎了一大包好吃的。

小眼鏡安迪對米粒說：「一般來說，水牛灣也就兩種人喜歡去：一是釣魚的，二是畫畫的。」

米粒覺得安迪說得有道理，這兩種人和水牛灣的水牛一樣，在河邊一待就是老半天，不發出聲音，也不太走動。

車子停下來的時候，米先生驚呆了，眼前的水牛灣像一幅靜止的水墨畫：遠處是高高低低的山峯，山峯下面是一潭清水。兩隻水牛一左一右，一胖一瘦潛伏在水底，只露出兩對角。他們的面前是低低的蘆葦，接着是一片草地，草地上開着星星點點的野花。

米先生發誓要讓這樣的美景永遠留在他的畫板上。

米粒就坐在離爸爸不遠的草地上畫畫。

她覺得爸爸真是費勁，既然是一模一樣地把美景留下來，那還不如用數碼相機拍下來。

她就不同了，她只畫了一個背景，然後就開始想眼前沒有的景物。她覺得這樣的草地上應該有一幢城堡，於是她的畫面上就出現了一幢城堡。

安迪捉了很多蟲子，有蚱蜢和蟋蟀，他把蟲子統統裝進透明的玻璃瓶。

米粒畫完畫就去看安迪捉的蟲子。她很不樂意安迪總喜歡把蟲子裝進瓶子帶回家，她對安迪說：「你把蟲子裝進瓶子，就像把動物關進籠子。」

安迪説：「沒你説得這麼嚴重的。我只是把他們帶進城市裏，我會把他們放到城市的草地上的。」

米粒覺得安迪有些霸道，他怎麼就可以隨便替蟲子搬家。她説：「你就沒有想過蟲爸爸和蟲媽媽不見了蟲寶寶會多麼着急？」

米粒的這些話只打算説給安迪聽，但是聽眾不止一個，草叢中一隻胖胖的蛤蟆也聽見了。

接近中午的時候，安博士釣到 2 條大魚，他建議大家到附近的小鎮上去吃中飯，分享他的成果。

他說：「那個小鎮我也沒去過。但是肯定不用開車的，我們走着去就行。」

出發之前，米粒整理畫夾。

安博士說：「不用了，這裏根本就沒有其他人，就把畫放在草地上，用筆盒壓住了就行。」

事實上，這裏除了水牛和昆蟲，他們根本就沒有見到別的生物。

02 古代地圖上的蛤蟆鎮

安博士根據古代地圖，把大家帶到了一個叫作蛤蟆鎮的地方，在那裏米粒遇到了蛤蟆兵。

在水牛灣附近，有一個矮矮的路標，是木頭做成的，因為周圍長了茂密的狗尾巴草，所以不太容易被發現。路標已經陳舊，上面的字也模糊了。不過，米粒仍然看出那三個字是「蛤蟆鎮」。

蛤蟆鎮？多奇怪的地名啊！

米先生忍不住問安博士：「你是怎麼發現的？」

安博士說：「我是學歷史的，在古代地圖上發現了這裏。」

米先生很佩服既能看懂古代地圖又會釣魚的安博士。

蛤蟆鎮上的房子大大小小，高高低低，一幢和另一幢之間交錯着，一點兒規律都沒有，不過一律都是尖頂的，看上去很像是秋收以後田野裏的**麥垛**[①]。

---

① **麥垛**：形容合攏成堆的東西。麥垛，即收割後被堆積成捆的麥子。「垛」：粵音「朵」。

走進小鎮的時候，大家覺得這裏沒有人。

但是，米粒聽見一個粗粗的聲音：「就是這個男孩，15天前，他把我們蛤蟆蝌蚪東東和西西帶走了。」這個聲音好像只是說給她一個人聽的，因為小眼鏡安迪、安博士和米先生都沒有聽見。尤其是安迪，明明這個神秘的聲音說到他了，可他一點兒反應都沒有，因為他根本就聽不到這個聲音。

米粒覺得奇怪，四處找了找，沒發現什麼。

她問安博士和米先生：「你們聽見什麼了嗎？」

他們也都搖着頭。

米粒又聽到那個粗粗的聲音說：「瞧，他們發現我們了。糟糕，那個女孩怎麼懂我們的蛤蟆語言呢？」

蛤蟆語言？難道真的是蛤蟆在說話嗎？

米粒四處張望，在一個低矮的屋頂上，她看見兩隻蛤蟆，很奇怪的蛤蟆，一隻蛤蟆胖胖的，穿着粉紅色的連衣裙；另一隻蛤蟆瘦瘦的，是穿着制服的蛤蟆兵。他們居然站在屋頂的天窗上露出頭說話。一般說來，鳥和貓才會這樣站在屋頂說話的。

「看見沒有，那裏有兩隻蛤蟆。」米粒指着那低矮的屋子說。

天窗裏的蛤蟆發現米粒看見他們了，連忙「啪嗒、

啪嗒」地關了天窗。

安博士、米先生和安迪看見的只是天窗蓋子關起來的情景，並沒有看見粉紅連衣裙的蛤蟆和蛤蟆兵。

大家轉了一圈之後，仍然沒有發現一個人。因此他們在小鎮上吃中飯的計劃就落空了。

米先生建議仍然回到水牛灣，在那裏的河邊，他們可以做烤魚。

米先生很興奮，他説：「可以把魚串在樹枝上。」他小時候在鄉下就這樣做過魚吃的。

安博士説：「最好還是用泥巴把魚糊起來再烤着吃，這樣魚肉裏就會有泥巴的香味了。」他小時候就這樣做過魚吃的。

米粒和小眼鏡安迪非常羡慕他們的爸爸小時候的經歷。

於是，安博士和米先生負責把魚弄乾淨，小眼鏡安迪負責挖泥巴，米粒就負責撿樹枝和乾蘆葦。

這裏的樹枝很少，米粒先撿了用來串魚的樹枝，接着就去撿生火用的乾蘆葦。當她走到蘆葦叢中的時候，又聽見那個粗粗的聲音了，這次，粗粗的聲音裏帶着命令的口氣：「站住，小姑娘。」

米粒猜想站在她背後的就是那個瘦蛤蟆兵。她非常不願意跟着蛤蟆走，蛤蟆的樣子讓她感到不舒服。

她轉過身，果然又看見穿制服的瘦蛤蟆了，蛤蟆用兩隻鼓鼓的眼睛盯着她看，樣子不太友好。

米粒説：「你是蛤蟆兵嗎？你應該知道那些蛤蟆蝌蚪不是我捉的，我也不知道他們在哪兒。」

蛤蟆兵口氣軟了下來，説：「我是瘦蛤蟆兵。我找你是想請你幫忙的，因為只有你懂蛤蟆語言，通過你，我們可以順利地找回蛤蟆蝌蚪東東和西西。」

米粒不知道怎樣拒絕瘦蛤蟆兵，她自言自語地説：「為什麼會聽蛤蟆語言的不是安迪，而是我？」

瘦蛤蟆兵又把口氣變得強硬了一些，他説：「不管是不是你的錯，你都要幫我們這個忙，是你們人類給我們帶來了傷害，而你是人類中的一員。」

米粒覺得蛤蟆兵説得有道理，如果她真的可以幫助他們，她願意跟他去走一趟。她問蛤蟆兵：「你要帶我去哪裏，去見誰？」

蛤蟆兵説：「去蛤蟆鎮，見我們的蛤蟆主編。」

哦，是去剛剛離開的那個蛤蟆鎮，那個古代地圖上才能找到的蛤蟆鎮。

03 蛤蟆主編和他的太太

蛤蟆主編和他的太太是熱愛生活的蛤蟆，他們照顧着蛤蟆鎮的每一隻蛤蟆，他們的願望是擁有一幢城堡。

蛤蟆鎮上住的都是蛤蟆，有 5 個蛤蟆家族共 998 隻蛤蟆，不久前剛剛丟失了 2 隻蛤蟆蝌蚪，如果找回那 2 隻蛤蟆蝌蚪，蛤蟆鎮的蛤蟆就正好是 1000 隻。

最有學問的要數蛤蟆主編了，他主編了一份《蛤蟆生活報》，為蛤蟆的生活帶去無窮的方便和無盡的快樂。

下面是《蛤蟆生活報》上的一則新聞：

> 蛤蟆鎮公告：最近一種讓人頭疼、害怕、恐懼、討厭、憤怒的植物，正在迅速地、頑固地、瘋狂地佔據整個草地。它的出現會威脅、損害、毀壞沼澤地的植物的原有生活狀態，因此，大家必須對這種植物加倍提防，千萬千萬別讓它糾纏住房。

雖然蛤蟆主編的報導有一些囉唆、誇張，但正是由於這則新聞的提醒，才使大家的房子至今仍然是安全的。大家非常感激蛤蟆主編。

再比如：

> 蛤蛤蟆鎮公告：水牛灣來了一個姓安的博士，他的兒子安迪大量捕捉昆蟲，把他們帶到遙遠的、陌生的、危險的城市，尤其讓人心痛的是他還抓了蝌蚪東東和西西，蝌蚪東東和西西至今仍下落不明。

蛤蛤蟆主編關注着蛤蟆鎮的每一個角落，他的報紙每天都給住在蛤蟆鎮的蛤蟆和不住在蛤蟆鎮的蛤蟆帶去最新、最有用的消息。他因此成為受尊敬的蛤蟆。

當然，他也是蛤蟆鎮最有錢的蛤蟆。不過，蛤蟆主編的外表並沒有什麼特殊，他的身材比較瘦小，穿着條紋的背心和大大的蘿蔔褲，他的胸前永遠掛着一個高檔相機。

他喜歡看報、喝咖啡和建造房屋。

他不喜歡煙斗、大皮鞋和眼鏡。

他的太太是一隻很胖很胖的蛤蟆，不過，她打扮得非常漂亮。她的頭上總插着紫色的小雛菊，她常

常穿着粉紅色圓點的連衣裙，還喜歡戴圓圓的珍珠項鏈。如果出門，她會戴一頂插滿野菊花的金色草帽，提一個野菊花花紋的手提袋。

她喜歡逛街、看戲和製作野花標本。因為蛤蟆主編不讓她進城，她基本上沒有機會逛街和看戲，所以，她每年製作很多野花標本，用來製作賀年卡。她的賀年卡大部分都是寄給沼澤地的鱷魚太太和青蛙一米、青蛙一百厘米的。沼澤地是她出生的地方，鱷魚太太和青蛙都是她的朋友。

蛤蟆太太不喜歡看報，因為她不認識蛤蟆字，她也不喜歡拍照，因為她總覺得照片上的她沒有她本人好看。

蛤蟆鎮上有兩個兵：一個是瘦蛤蟆，另一個是胖蛤蟆。他們在沒有成為蛤蟆鎮的蛤蟆兵，還是蝌蚪的時候，由蛤蟆主編和蛤蟆太太照顧。

因此，蛤蟆主編、蛤蟆太太以及兩個蛤蟆兵就像一家人。他們一起住在蛤蟆鎮最漂亮的房子裏。

一般情況下，胖蛤蟆兵總跟着蛤蟆主編，瘦蛤蟆兵總出現在蛤蟆太太的身邊。

他們住的屋頂有天窗，瘦蛤蟆兵經常爬上屋頂觀察動靜，保護着整個小鎮。

蛤蟆太太也經常爬上屋頂，去看屋面上的一株馬蘭草。馬蘭草開花的時候，遠遠就能望見一朵朵淡紫色的花在屋頂輕輕搖擺。

蛤蟆太太不滿意自己的房子，她總是對蛤蟆主編說：「我覺得我是人變成的蛤蟆，應該住高大牢固的城堡。」

蛤蟆主編總是說：「其實住在哪裏都一樣，只要我們永遠在一起。」

蛤蟆太太不同意這樣的說法。

蛤蟆主編沒有辦法，派胖蛤蟆兵到處尋找設計師為他設計城堡。水牛灣的螃蟹設計師、水鼠設計師、野鴨設計師都被胖蛤蟆兵找來過，可是，他們的設計圖蛤蟆太太都不滿意。

最後，蛤蟆主編就在他的《蛤蟆生活報》上刊登了關於設計城堡的啟事，具體內容如下：

> 設計名稱：蛤蟆城堡
>
> 主要功能：白天能曬太陽，晚上能看星星。
>
> 材料：磚、貝殼、鵝卵石、木片、可樂罐等。

儘管刊登了啟事，胖蛤蟆兵仍然需要四處尋找設計師。他整天在水牛灣或者更加遠的地方轉悠着。

04 蛤蟆的約定

兩個蛤蟆兵因為不同的任務尋找米粒，最後，他們一起把她帶到了蛤蟆主編和蛤蟆太太面前。

小眼鏡安迪帶着米粒出現在水牛灣時，胖蛤蟆兵正在水牛灣巡視，他發現了男孩安迪，馬上就決定去跟蹤他。

後來他就聽見米粒讓小眼鏡安迪放了瓶子裏的昆蟲，他想：「那個男孩喜歡昆蟲，所以把昆蟲捉去玩；而米粒喜歡昆蟲，是希望昆蟲能在自己的草地上自由自在地生活。這兩種喜愛的區別真大啊！」

胖蛤蟆兵還意外地發現了米粒的畫，就是那幅畫着城堡的畫。這畫上的城堡不正是蛤蟆太太想要的嗎？

這時候，安博士正要帶大家到蛤蟆鎮吃飯，而畫就留在草地上。

胖蛤蟆兵想：「雖然拿走別人的東西不太好，但是，這幅畫對蛤蟆主編太重要了。大不了等用完了，我再想辦法還給這個小女孩。」

他把畫交給了蛤蟆主編，蛤蟆主編盯着米粒的畫足足看了 10 分鐘。

最後蛤蟆主編非常認真地説：「這太棒了，我太太一定會滿意的。」

蛤蟆主編命令胖蛤蟆兵去找設計城堡的女孩：「快把設計城堡的人請來，我要讓她再給我設計一個後花園，這樣我太太就可以在自己家的花園裏採集花草，做花卉標本了。」

胖蛤蟆兵一分鐘也不耽擱，他剛剛走到小鎮的路口，就遇到了瘦蛤蟆兵和米粒。

胖蛤蟆兵看見瘦蛤蟆兵，敬了一個禮，然後説：「請把這個女孩交給我吧。」

瘦蛤蟆兵還給胖蛤蟆兵一個敬禮，説：「不，我好不容易在蘆葦那裏找到了她，好不容易説服她跟我來，我要帶她去見太太。」

胖蛤蟆兵説：「我是奉主編的命令來的。」

瘦蛤蟆兵就問：「請問，主編聽誰的話？」

胖蛤蟆兵説：「當然是聽太太的話了。」説完，胖蛤蟆兵乖乖地把路讓了出來。米粒仍然跟着瘦蛤蟆兵走，胖蛤蟆兵不甘心地跟在後面。

米粒被瘦蛤蟆兵帶到了蛤蟆太太的面前，當時蛤蟆主編也在旁邊。他們的面前已經放着米粒的畫，也就是蛤蟆城堡的圖紙了。

蛤蟆主編對太太説：「這個小女孩是我們尊貴的、求之不得的客人，她為我們設計了明亮的、雄偉的、通風的、舉世無雙的城堡。」

蛤蟆太太卻説：「我已經查明了，她是那個小眼鏡的同伙，而且能聽懂蛤蟆語言。她真是一個奇怪的女孩！」

胖蛤蟆兵走到蛤蟆太太面前，敬了一個禮，説：「根據我的最新調查，她不是同伙，她可以幫助我們找到東東和西西。」

蛤蟆太太説：「我沒有説她是壞人，但我懷疑，她是蛤蟆變成的女孩，要不，她怎麼會聽懂蛤蟆語的？對，她就是蛤蟆變的，這個世界上的事情就是這樣奇怪，有蛤蟆變成的女孩，也有女孩變成的蛤蟆。」蛤蟆太太説的「女孩變成的蛤蟆」當然是指她自己嘍。

蛤蟆主編雖然很有學問，但是，他也從來沒有遇到過懂得蛤蟆語的人，他覺得他的太太説得有些道理。

米粒承認自己是懂得蛤蟆語言的，但是她説：「其實，我真的不是蛤蟆變的，因為我以前也聽得懂樹的語言、兔子的語言和貓的語言……」

蛤蟆主編聽說米粒懂得這麼多的語言，立刻興奮地搓着短手，端起相機給米粒拍了一張照。幾天之後，這張照片將出現在《蛤蟆生活報》上。

蛤蟆主編對他的太太說：「她不是平凡的、普通的、一般的女孩，她能懂得這樣多的語言，而且她還為我們設計了城堡，我相信她是聰明的、智慧的、有才華的女孩。」

蛤蟆太太很少同意蛤蟆主編的說法，但這回她也點頭同意。

蛤蟆主編立刻請蛤蟆兵扛上來一枝大大的筆，對米粒說：「很抱歉、請原諒、實在對不起，我們拿了你的畫，在我們送你回去之前，你能不能為我們的城堡設計一個美麗的、精巧的、多功能的花園。」

米粒發現這個蛤蟆主編詞彙豐富，喜歡連續使用形容詞，聽起來很有意思。蛤蟆能這樣喜歡她的畫，她也非常高興，她說：「知道嗎？我的爸爸是畫家，但是他沒有設計過房子，更別說是城堡了。如果你們喜歡，我願意把這幅畫送給你們，也願意再給你們設計一個花園。不過這需要一些時間。你們先放我回

去。」

蛤蟆太太有些感動，不過，她說：「如果你能答應幫我們尋找東東和西西，那就好說了。」

米粒說：「我會幫助你們的。是小眼鏡安迪捉了蝌蚪東東和西西，我保證安迪不是壞人，他只是沒想到蛤蟆也會為丟失同伴着急。」

他們約好米粒先回城裏，幾天之後，胖蛤蟆兵和瘦蛤蟆兵會到城裏找米粒。

蛤蟆主編和蛤蟆太太讓蛤蟆兵把米粒送出蛤蟆鎮。

05
寄養在荷花池

米粒回到學校尋找蝌蚪東東和西西，可是，蝌蚪東東和西西已經變成了蛤蟆東東和西西，他們離開了荷花池。

米粒回到草地上的時候，爸爸米先生和安迪，還有安迪的爸爸安博士已經烤好了魚，空氣中散發着香味。

米粒問爸爸：「我會不會是蛤蟆變成的人？」

爸爸覺得非常奇怪：「小傻瓜，你是餓得頭昏了吧。」

在愉快而奇怪的周末結束以後，米粒的媽媽葉老師結束了出差的日子，終於回家了。她那篇研究動物語言的論文在重要的學術會議上獲得了專家的肯定，所以非常高興。

葉老師對米先生說：「畫家先生，如果哪天我研究出動物和人類語言的轉換機器，那你就可以對老虎說：『親愛的老虎，請你乖乖地坐着，我想請你當我

的模特兒。』」

米先生笑得左右搖擺，説：「如果真能那樣，老虎肯定會對我説：『想畫我？可以，如果把我畫成了貓，我就一口吃了你。』哈哈哈……」

米粒很早就睡了，明天，她要早一些起牀，到學校裏去找蝌蚪東東和西西。他們應該在學校的荷花池裏，小眼鏡安迪把他們寄養在那裏的。

長江路小學有一個淺水池，是用來養荷花的。高校長不是養花的專家，所以池子裏只有幾片瘦巴巴的荷葉，顯得空空蕩蕩的。

文新雨和馬加力常常到這裏玩開船的遊戲。

小眼鏡安迪把蝌蚪養在這裏，他對文新雨説：「看着吧，這些蝌蚪將來一定都是漂亮的青蛙。」

文新雨指着蝌蚪問：「他們會是綠色的青蛙嗎？很綠很綠的那種？」

小眼鏡安迪説：「這不能肯定，但我可以肯定是青蛙，他們會先長出後腿，然後再長出前腿，接着，尾巴就不見了，他們就變成青蛙了。你們開船的時候不許嚇着他們哦。」

文新雨真的很小心地照看蝌蚪。

過了一個雙休日，小眼鏡安迪早早地去看蝌蚪，馬加力已經在水池邊了。

馬加力看見小眼鏡安迪的時候，嘲笑地說：「我看見了，你的蝌蚪沒有變成青蛙，變成了蛤蟆。真的，他們長得太難看了。」

安迪不相信那兩隻蝌蚪會變成蛤蟆，因為蛤蟆蝌蚪是很黑的，而且個子比較大，而他們是灰色的，身體也很小。

「我敢打賭，他們不是蛤蟆。」

「不，他們就是蛤蟆。」

「不是——」

「就是——」

他們誰也不能説服誰，因為蝌蚪已經不見了，不管變成了蛤蟆還是青蛙，都已經看不見了。

這時候，米粒來了。她把安迪拉到一邊，一本正經地説：「我可以肯定，這回你錯了，你帶回來的就是蛤蟆蝌蚪。他們一個叫東東，一個叫西西，你帶他們離開自己的家園，然後又把他們弄丟了。」

安迪從沒見米粒這樣嚴肅，那樣子有些像夏老師。

馬加力從後面擠過來，擠着眼睛説：「哈哈，我都聽見了，他們就是蛤蟆，你認輸吧，要不，我告訴

夏老師去。對了，小眼鏡，你還常常把蟲子帶到學校裏，我敢肯定，這些蟲子肯定都迷路了。」

安迪很害怕馬加力去夏老師那裏告狀，所以一句話都不說了。

夏老師最害怕蟲子和蛤蟆，如果知道安迪帶這些東西到學校來，一定會狠狠地批評他的。

06 改正錯誤

高校長告訴學生要讓小動物生活在自由的空間裏。安迪意識到自己的錯誤，可是改正一個錯誤比做一件錯事難多了。

孩子們説着話的時候，高校長來了，他笑瞇瞇地站在同學們的後面。胡蘿蔔一樣的鼻子上掛着一副眼鏡，這是高校長剛剛配的新眼鏡。

大家看見校長，都有些緊張，連忙鞠躬：「校長早。」

高校長走到小眼鏡安迪面前説：「Good morning，你的眼鏡為什麼乖乖地待在你的鼻子上，而我的眼鏡總不肯聽話，總要滑下來？」

小眼鏡安迪輕聲説：「校長，你的眼鏡一定是新的，不認識你的鼻子，而我的眼鏡已經和我的鼻子成朋友了。」

高校長笑了笑，説：「眼鏡因為不認識鼻子就要往下滑，那麼蝌蚪呢？到了不認識的地方會怎樣

呢？」

安迪托了托架在鼻子上的眼鏡，尷尬地看了看大家，然後說：「校長，我錯了。我不應該把蟲子、蛤蟆帶到陌生的地方，尤其是帶到學校裏來。」

高校長說：「每一種小動物都有自己的生存空間，他們在自己的空間裏自由地生長，我們不要去打擾他們。」

安迪說：「可是，校長，我還是不明白，那些貓和狗，他們不是喜歡和人類生活在一起的嗎？」

高校長蹲下來，拉住安迪的手說：「你問得好，他們和我們住在一起，是因為他們選擇了人類做朋友，並始終忠誠地陪伴着人類，我們應該感謝他們，比如貓，為人類捉老鼠；狗，為我們看門，他們已經習慣和人類一起生活。可是，有一些動物，比如蛤蟆，他們是生活在自然環境裏的，如果你把他們捉到家裏，養在金魚缸裏，他們會非常痛苦。」

安迪點了點頭說：「我知道了，校長，即使在這個荷花池裏，他們也不快活，是嗎？」

高校長點點頭。

安迪想了想說：「我會把他們送回他們自己的家。」

可是蝌蚪東東和西西長出腳以後就變成了蛤蟆東東和西西，他們已經離開了陌生的荷花池。安迪上哪裏去尋找東東和西西呢？

除了上課時間，米粒就和安迪一起在校園的各個角落尋找蛤蟆。

米粒說：「蛤蟆東東和西西不太會這麼快就離開校園的，因為校園外面就是馬路，而過馬路是多麼危險的事情啊。」

安迪也這樣想，他們希望能在校園裏找到蛤蟆東東和西西。

終於，在夏老師種的美人蕉的葉子下面，他們看見一隻黑色的蛤蟆。

「東東，東東。」米粒叫着。

「西西，西西。」安迪也叫着。

可是，米粒聽見黑色的蛤蟆回答說：「你們是在叫我嗎？我在這裏生活了 2 年了，我是美人蕉蛤蟆，我可不叫東東或者西西。」

米粒說：「不是的，她不是東東或者西西。她是一隻大蛤蟆了，東東和西西是小蛤蟆。」

那會不會在花壇的冬青樹下面？

會不會爬到了哪個同學的課桌裏面？

他們把校園的每個角落都找過了。

夏老師說：「米粒、安迪，你們究竟在做什麼？一整天究竟在找什麼東西？」

米粒說：「不是什麼東西，是東東。」

安迪說：「對，不是什麼東西，是西西。」

夏老師搖着頭說：「真弄不明白你們在做什麼，什麼東東西西，神神秘秘的。」

哎，米粒和安迪辛辛苦苦、仔仔細細地尋找了一整天了，卻一點兒結果也沒有。安迪說：「要改正一個錯誤比做一件錯事難多了。」

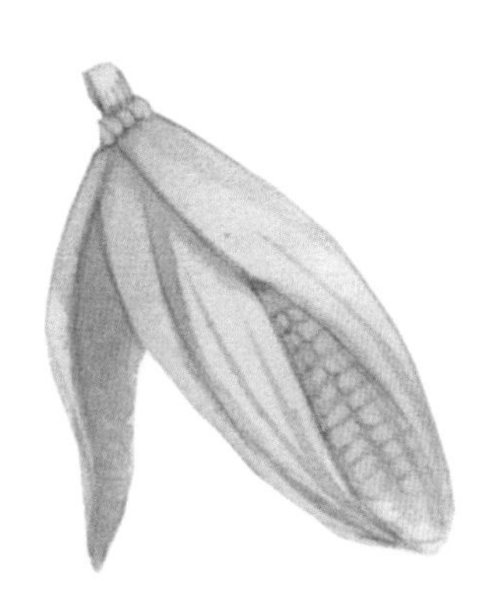

07
蛤蟆兵進城

蛤蟆兵很快就進城了，他們對城市的印象很不錯。米粒為他們畫了路線圖，大家發誓要找遍城市的每個角落。

放學以後，米粒非常疲倦地回家，進了茉莉公寓的電梯。

「你忘記按按鈕了。」一個粗粗的聲音在電梯裏響起來。

是胖蛤蟆兵，還是瘦蛤蟆兵？米粒低頭一看，啊，電梯裏有兩隻蛤蟆，一隻胖的，一隻瘦的。

「原來是你們兩個，這麼快就來了。」米粒不太願意蛤蟆兵這個時候來，因為這時候，她只能帶給他們不好的消息。

蛤蟆兵聽米粒這麼説，已經猜到米粒不會給他們帶來特別的消息。不過沒關係，正如蛤蟆主編堅信的那樣，蛤蟆兵是經驗豐富的蛤蟆，他們一定能找到東東和西西的。

就在米粒離開蛤蟆鎮的第二天，胖蛤蟆兵和瘦蛤蟆兵就開始準備進城了。他們還列出了城市中可能出現的危險，下面是他們進城前的危險預防指南：

1. 要預防在城市裏迷路；
2. 預防被太陽曬；
3. 預防滾燙的路面燙傷腳；
4. 預防找不到水喝；
5. 預防被汽車輪子碾成餅。

根據這份危險預防指南，他們還列出了需要帶的物品清單：指南針、荷葉帽、草鞋、水、千斤頂。

可是，事情比蛤蟆想的要簡單得多。

胖蛤蟆兵說：「知道嗎？城市挺不錯的，我們很容易在城市找到噴泉喝水。

「是的，我們還能走在樹蔭下面，即使遇到汽車也沒什麼好害怕的。」瘦蛤蟆兵說。

胖蛤蟆兵拍着花紋肚子說：「剛才嚇死我了！我們過馬路的時候，一輛車開過來了，眼看着要壓着我了，幸虧我大聲叫了幾下，那司機就突然停車了。」

瘦蛤蟆兵接着說：「那司機下了車，說：『嚇壞了吧，蛤蟆先生，你們先過馬路吧，以後記住，看見綠燈再走。』」

胖蛤蟆兵說：「不過，我們還是有些擔心，蝌蚪如果變成了蛤蟆，隨隨便便上了街，遇到不是那麼好心的司機，那就危險了。」

米粒說：「我也很擔心，因為蝌蚪已經變成了蛤蟆，並且已經離開了學校。」

瘦蛤蟆兵說：「這麼說，我們要在整個城市尋找他們了。」

胖蛤蟆兵說：「別慌，我們先到米粒的家裏，讓米粒給我們畫學校周圍的路線圖，我們可以把學校當成中心，在四周尋找。」

米粒說：「好的，我住 18 樓。」她的心裏佩服起蛤蟆兵，沒想到他們做事情這樣有辦法哦。

胖蛤蟆兵猛地往上跳起，短小的前爪正好按在數字是 18 的鍵上。

到了 18 樓，就到了米粒家的門口。進門前，米粒想了想，問：「你們答應不鑽進我的鞋子，可以嗎？」

胖蛤蟆兵說：「當然，我們也不喜歡鞋子的味道。」

米粒又說：「你們還要答應不讓我媽媽看見。她是生物老師，但是，她不能接受你們住在我們家裏的。」

瘦蛤蟆兵說：「我們也不喜歡和不會說蛤蟆語的人見面的。」

米粒這才放心地打開門，招呼瘦蛤蟆兵和胖蛤蟆兵悄悄地進屋。

米粒的爸爸正在專心地看一本畫冊，聽見有人進來，說：「請進。」好像進來的是客人，而不是女兒。

媽媽正在廚房忙着做晚餐，頭也不回地說：「哦，寶貝回來了，馬上開飯哦。」

蛤蟆兵順利地進了米粒的房間，他們跳上米粒的書桌。

米粒開始畫長江路小學周圍的地圖，因為長江路小學前面有兩條路，米粒分別用紅色和藍色的筆來畫，下面是關於兩條路的路線圖：

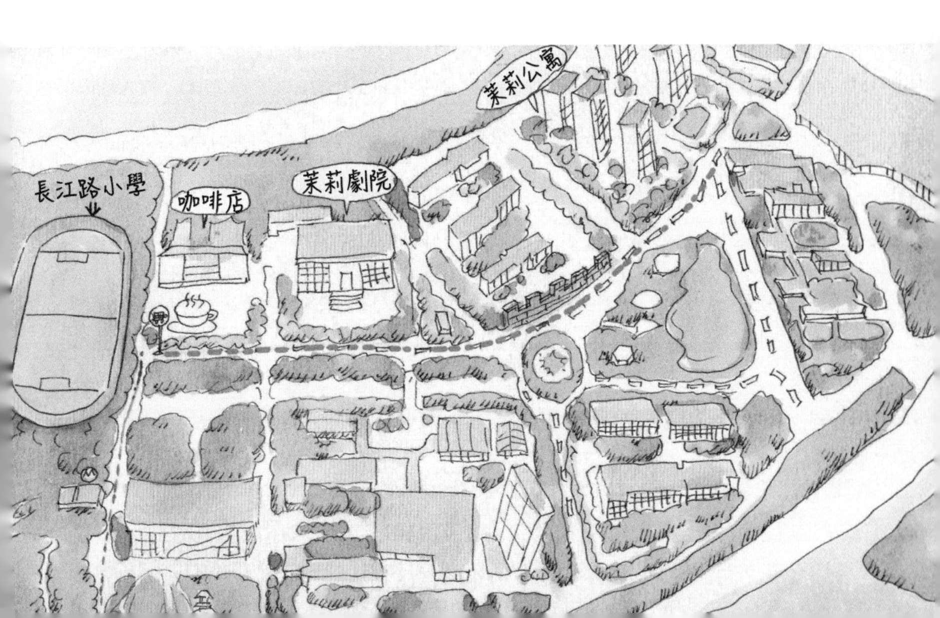

紅筆畫的路通往地鐵站，米粒不常去。有一次被狗博士帶去乘了一回地鐵，結果到了沼澤地。

另一條藍筆畫的路是巴士經過的路線。在學校附近有一個咖啡店，曾經舉辦過著名畫家方向的畫展。

咖啡店再過去是茉莉劇院。劇院每天上午演歌舞劇，下午就演馬戲。

茉莉劇院再過去就是一長溜的城牆，一直通往米粒一家住的茉莉公寓。

蛤蟆兵在米粒的畫上跳來跳去，這些跳到的地方，明天他們都會去的。大家發誓要找遍這個城市的每一個角落。

08
搬進城堡

蛤蟆鎮上，一幢綠色的城堡出現了。蛤蟆主編和太太忙着搬家，等他們停下來的時候，才發現他們的城堡沒有屋頂。

自從蛤蟆兵走了以後，蛤蟆主編和太太就開始按米粒的設計圖建造城堡。

蛤蟆太太說：「等東東和西西回來，就讓他們住新的城堡。」她想照顧東東和西西，就像當年照顧胖蛤蟆兵和瘦蛤蟆兵一樣。

蛤蟆主編也贊同太太的主意。他決定日夜不停地修建城堡，給兩個流浪在外的小傢伙一個溫暖的家。

蛤蟆太太把設計圖張貼在草地上。

蛤蟆主編弄來鵝卵石、蘆葦、貝殼、可樂罐、泥土、蜘蛛網……按照圖紙壘城堡的牆。

蛤蟆太太也自己動手刷房子的牆壁。她把房子的外面都刷成綠色。

不久，在蛤蟆鎮的最東面，出現了一幢綠色的城堡。磚砌成的牆，貝殼做成的天窗，鵝卵石鋪的地，可樂罐做成的煙囱。比起那些古老的尖頂房子，這城堡更大、更牢固、更漂亮。

一個晴朗的日子，他們快快樂樂地搬進新家了。

蛤蟆主編把他的老式打字機搬進了書房，接着就搬他的書和報紙。這些笨重的東西是蛤蟆主編的精神食糧，蛤蟆主編是不能和這些東西分開的。

蛤蟆主編也趁機扔掉了一些東西，比如：一根皺巴巴的領帶和一雙大頭皮鞋。蛤蟆太太一直都説還能用，實際上領帶和皮鞋都已經變得很難看了。

蛤蟆太太只搬自己的衣服和首飾。她的衣服都很貴，全部都是帶圓點的；她的首飾全部都是圓珠串成的。

蛤蟆太太也趁機扔掉了一些東西，比如：有缺口的咖啡杯和過期的報紙。蛤蟆主編一直都説留着做紀念，實際上這些東西上面堆滿了灰。

等他們搬完的時候，已經累得沒有了力氣，他們四腳朝天躺在地板上，天已經黑了，他們開始討論天上的星星和月亮。

「親愛的，今夜的月亮彎彎的、細細的、亮亮的，真漂亮。」

「是的，親愛的，今夜的星星也一閃一閃的，很有意思哦。」

蛤蟆太太突然說：「可是，我們是在家裏，怎麼能看見天空？」

蛤蟆主編愣住了：「這怎麼可能，親愛的？哦，原來我們的房子沒有屋頂。」

住在沒有屋頂的房子裏，白天能看太陽，晚上能看星星，和蛤蟆主編報紙上刊登的要求一點兒也不差哦。

蛤蟆太太說：「你真糊塗！哎，說出去真讓人笑話，你還是主編呢。哎，但願今天不要下雨。」

蛤蟆主編趕忙為自己辯解：「哦，我想起來了，這不能怪我，圖紙上肯定、或許……不，是絕對沒有屋頂的。」

蛤蟆太太拿出圖紙看了看，說：「是的，親愛的，這不怪你，怪圖紙。」

蛤蟆主編很抱歉地看着太太，說：「要不，我們搬回原來的家吧。」

蛤蟆太太累壞了，她不想再搬家了。她挪到她那紅色的柔軟的沙發裏，像掉進了旋渦，她有氣無力地說：「哦，親愛的，我不想再搬了。」

可是，住在沒有屋頂的城堡裏會怎樣呢？蛤蟆主編把幾種可能出現的情況分析了一遍：

第一種情況：晴天，太陽直接照射到屋子裏，曬被子、曬枕頭、曬襪子、曬褲子都不用搬到屋外了。

第二種情況：陰天，通風透氣，沒有屋頂也沒有什麼特別的壞處，最多灰塵、樹葉落下來多一些。

第三種情況：雨天，在家裏也必須撐傘，或者頂鍋蓋、穿雨衣，看來有些麻煩。

第四種情況：下雪，雪花直接落在身上，融化成水還算好的，直接結成冰就麻煩了，不行，不能變成冰蛤蟆。

「不行，不行，沒有屋頂是絕對不行的。」蛤蟆太太說，「親愛的，你還是趕快想辦法給房子裝一個屋頂吧。」

蛤蟆主編說：「現在只有我辛苦一趟，必須馬上、立刻、趕緊找到那個叫米粒的女孩，讓她設計屋頂。再說，也不知道蛤蟆兵有沒有找到東東和西西，我總得去看看、聽聽、找找。」

蛤蟆太太催蛤蟆主編趕快出發，蛤蟆主編帶着他的相機上路了。

走出家門，蛤蟆主編就鬆了一口氣，他盤算了一

下：「裝一個屋頂？這可不是簡單的事情。如果留在家裏，一下子又做不到，肯定會被蛤蟆太太煩死、吵死、怪死、罵死的。」

蛤蟆主編走了以後，蛤蟆太太獨自在空空蕩蕩沒有屋頂的城堡裏，覺得房子很大，自己很小；天空很高，自己很矮；天上的星星很多，而屋子裏只有她一個。

蛤蟆太太再也坐不住了，她為自己找了兩個進城的理由：一是她已經很久沒有去城裏了；二是，她很惦記蛤蟆兵，也希望早一些找到東東和西西，她也要去出一份力。

想到這些，她馬上就拎上她的花布小包出發了。

09 總是見到蛤蟆

米粒剛剛和蛤蟆兵分手，就遇到了蛤蟆主編、蛤蟆太太以及住在 99 號窨井[①]的蛤蟆，他們送給米粒一把荷葉傘。

早晨，米粒上學去了。

蛤蟆兵拿着米粒畫的路線圖，他們決定先走巴士的路線，依次要經過城牆、劇院和咖啡店。

米粒和蛤蟆兵在路口相見。

從遇到蛤蟆到與蛤蟆相處的這幾天中，米粒總覺得是在做夢。她一邊走一邊想着找東東和西西的事情，不知道小眼鏡安迪那裏有沒有消息。

到了學校，同學們已經全部在自己的座位上了，他們在等班主任夏老師來上課。安迪對米粒搖了搖頭，米粒就明白了，安迪也是一點兒收穫也沒有。

米粒在三（7）班那張屬於她的靠窗座位上坐下來。一束陽光靜靜地照射在米粒的課桌上。

---

① **窨井**：即沙井。在進行地下管道的工程時，為便於進出、檢查、疏通而設置的井狀通道。「窨」：粵音「陰」。

夏老師微笑着走進教室，手裏拿着一疊作文本。

夏老師的目光掃過所有同學的臉，然後停留在小眼鏡安迪的臉上。大家都知道夏老師馬上就會宣讀安迪的作文。

「篤篤篤……」米粒突然聽見一陣敲擊窗戶的聲音。

米粒沒有側過頭看，夏老師是不允許大家上課時候看課堂外面的。

「篤篤篤……」又是一陣敲擊窗戶的聲音。

米粒仍然沒有側過頭去。

這時候，窗戶外面一個尖細的聲音飄進米粒的耳朵：「這個小女孩，她想讓我們一直在這裏等她嗎？」

另一個粗粗的聲音説：「那好吧，我們順便看看這個老師是怎樣上作文課的。」

哎呀，這是誰的聲音？

米粒忍不住側過頭看了一眼。啊！一隻穿着西裝的蛤蟆趴在窗戶的玻璃上，正在向裏面張望着，他整個肚子貼着玻璃，四隻小小的爪子也緊緊地貼着玻璃，看上去像一張貼在玻璃上的圖片。在他的旁邊是穿着粉紅連衣裙的蛤蟆太太，她在長江路小學門口等到了她的丈夫。

蛤蟆主編看見米粒，激動地招手，向上跳躍，他的身體剛剛落到窗台上，蛤蟆太太就接着向上跳躍，他們像兩個輪流向上拋的沙包，一個上一個下。

這時候，高校長來了。他出現在玻璃窗外面，他把頭伸過來，高高的鼻子用力點了幾下。

蛤蟆主編和蛤蟆太太轉過身，跳到高校長的手心裏。

高校長帶着蛤蟆主編和蛤蟆太太走了。

夏老師來到米粒面前，看見米粒在看窗戶外面，有些不高興。接着，她也把頭伸到窗戶外面，但是她什麼也沒有發現。

放學的時候，夏老師找米粒到辦公室去談話。因為米粒今天上課的時候，一直都在看窗戶外面，老師講什麼她根本就沒有聽進去，夏老師必須要了解清楚情況。

米粒説：「我不是故意的，是蛤蟆主編和他的太太在敲窗戶，他們是來找我的。我就看了一下。」

夏老師説：「蛤蟆主編？和他的太太？你一定是在做夢。上課時候做夢和開小差一樣也是不允許的。」夏老師不相信米粒説的。

最後，夏老師讓米粒回家好好想想，希望下次不要再發生上課開小差或者做夢的事情。

那天米粒大概是最後一個離開學校的。她走到校園外面的時候，天上下起了雨。

雨越下越大，米粒開始奔跑。

在她的奔跑速度還沒有完全加快的時候，她聽見一個粗粗的聲音：「需要傘嗎？」

她停下來，看見腳邊有兩隻蛤蟆。這兩隻蛤蟆非常瘦小，長得特別黑，米粒從來沒有看見過這樣的蛤蟆。他們各自舉着一把小傘，站在一個窨井蓋上面。

米粒問：「你們是問我嗎？」

其中一隻蛤蟆説：「我們站在這裏已經有很長時間了，很多人經過都沒有停下來。他們根本就沒聽見我們説話，或者他們根本就聽不懂。」

另一隻蛤蟆就説：「你就不一樣，你能聽懂我們説話。」

説完，他把小傘遞給了米粒。小傘到了米粒的手裏馬上就開始變大。

雨越來越大，從傘頂往下流淌，形成了一道水的簾幕。米粒透過雨幕看眼前的蛤蟆，有些迷糊，他們的聲音卻很清晰：「再見，記得把傘還給我們哦。我們就住在 99 號窨井的下面。」

米粒回家的時候，把雨傘放在門口的臉盆裏。

這時候，電話鈴響起來，媽媽去接電話：「哦，夏老師，你放心，她已經回家了。哦，她沒有淋濕。」

夏老師很後悔把米粒留得晚了一些，讓米粒趕上下雨，所以打電話來道歉的。

媽媽接完電話，問米粒：「你回家的時候正在下雨，你怎麼沒有淋濕？」

米粒說：「路上有人借給我一把傘。」

「哦，那你把傘放哪裏了？」

米粒說：「當然是門口的臉盆裏了。」

媽媽去門口看了看，嘀咕着：「咦，誰把你的傘拿走了，換了一張荷葉在這裏。」

果然，門口的臉盆裏放着一張大大的荷葉，就像一把撐開的傘。

米粒明白，這一定就是蛤蟆送給她的雨傘。

10
會説蛤蟆語的校長

蛤蟆主編和蛤蟆太太意外地和會説蛤蟆語的高校長見了面，根據高校長的提示，他們很快找到了畫有東東和西西的演出海報。

蛤蟆主編和蛤蟆太太願意跳進高校長的手心裏，是因為高校長和他們説了一句蛤蟆語：「WSZLDXZ，QGWL。」意思是我是這裏的校長，請跟我來。

這讓蛤蟆主編非常吃驚，他沒想到，在人羣中，在長江路小學，不光有能聽懂蛤蟆語的小女孩，還有會説蛤蟆語的高鼻子老頭。

高校長把他們帶進了辦公室。高校長的辦公室很簡單，只有一張辦公桌和一張椅子，辦公桌對面的牆上依然掛着那個貓頭鷹鐘。

蛤蟆主編和太太來了以後，高校長就和他們一起坐在地板上。高校長調整坐的姿勢，以便説話的時候能看見對方的眼睛。蛤蟆太太非常高興高校長這樣做，她不太願意抬着頭和人説話。

以下是他們的對話，用的全部都是蛤蟆語。

高校長用蛤蟆語問：「NMSLZMLD？（你們是來找米粒的？）」

蛤蟆主編說：「SD，TDHMY。WMXYTDBZ。（是的，她懂蛤蟆語。我們需要她的幫助。）」

高校長問：「WKYBZNMM？（我可以幫助你們嗎？）」

蛤蟆主編和蛤蟆太太相互看了一眼，然後由蛤蟆太太回答：「WMDHMKDZNDXXL，NJGM？（我們的蛤蟆蝌蚪在您的學校裏，您見過嗎？）」

「JG，TMYJBCLCNHM，HNZLWDLPHY。（見過，他們已經變成了成年蛤蟆，還拿走了我的兩片荷葉。）」

「THL，TMQNLL？（太好了，他們去哪裏了？）」

「CXM，WZZ，JGKFD，TMYGWNEQL。（出校門，往左走，經過咖啡店，他們應該往那兒去了。）」

既然這樣，蛤蟆主編認為該告辭了，因為找到丟失的蛤蟆是最重要的，至於找米粒設計屋頂的事情就以後再說好了。

離開前，他請太太為自己和高校長合影。回蛤蟆鎮以後，他要把這張照片刊登在《蛤蟆生活報》上，向蛤蟆鎮的居民介紹這位會説蛤蟆語的、友好的高鼻子校長。

做完這一切，他和高校長握了握手，帶着她的太太離開了。

他們經過咖啡店的時候，在咖啡店門口停留了一會兒。蛤蟆主編猶豫了一會兒，他想進去喝杯咖啡，但是他沒有進去，他覺得完成任務比滿足愛好更加重要。

就在轉身的一剎那，蛤蟆主編突然看見一張演出的海報，上面寫着：

茉莉劇場最新演出劇目：《蛤蟆王子》

根據《青蛙王子》改編。

蛤蟆和人類首次共同演出。

特邀演員：蛤蟆東東和蛤蟆西西。

蛤蟆主編驚喜地讓蛤蟆太太看海報，他已經忘記蛤蟆太太是不認識字的了。

蛤蟆太太着急地説：「我説過我不進茉莉劇院的。可是，這回非進去不可了。」

蛤蟆主編也非常着急：「我比你更不願意進該死

的劇院，我討厭那扇該死的旋轉玻璃門。真該死，但這回我也是非進去不可的。」這回，他連形容詞都省略了，好像只會用「該死」兩個字。

蛤蟆太太年輕的時候曾經在茉莉劇院看過歌舞劇《青蛙王子》，説的是一位王子變成青蛙，又從青蛙變回人的故事。這次觀看給蛤蟆太太留下了深刻的印象，蛤蟆太太至今還記得自己在旋轉的玻璃門裏一直走一直走都走不出去，最後是蛤蟆主編伸出手帶着她進去看的演出。

如果沒有那次演出，蛤蟆太太是不會認識並嫁給蛤蟆主編的。

也正是因為那次演出，蛤蟆太太一直認為自己是人變成的蛤蟆。她常常對蛤蟆主編説：「如果哪天我變成了人，我一定還會回來看你的。」

蛤蟆主編聽了這樣的話，非常傷心，他非常害怕蛤蟆太太真的變回人離開他。所以，蛤蟆主編和蛤蟆太太已經説好了不去茉莉劇院的。

但是，蛤蟆東東和西西在裏面，於是，蛤蟆主編整理了一下西裝，蛤蟆太太拉了拉連衣裙。他們決定一起進那個該死的旋轉玻璃門。

11 蛤蟆主演

在阿茉的劇院，蛤蟆一家團聚了，他們看了蛤蟆東東和西西的主演的劇目，心裏充滿了感動。

走過旋轉的玻璃門，是一個空曠的大廳，還沒有到演出的時間，大廳裏空空蕩蕩的。

一個年紀非常大的老婆婆站在他們的面前：「你們終於來了。我是阿茉，演出還沒開始，如果你們願意，我可以帶你們去你們的座位。」

阿茉好像是專門在等蛤蟆夫婦的，這讓蛤蟆主編和太太感到非常奇怪。他們注意起眼前的這位阿茉。

阿茉是一個又小又輕的老太婆，看上去風會把她吹走。她滿頭銀髮，穿墨綠色的緊身連衣裙，頭髮緊緊地盤在腦後。額頭很高，目光永遠都好像在看着遠方。她不慌不忙地站在劇院的大廳裏，像一棵綠色的樹。

着急的蛤蟆主編和蛤蟆太太在她面前突然變得安定下來。

蛤蟆主編問：「你早知道我們會來嗎？」

阿茉説：「是的，還有比你們更早到的，我想你們是認識的。」阿茉説着就把他們帶到劇院樓上的一個包廂。

在那裏，蛤蟆主編和蛤蟆太太看見了他們的蛤蟆兵。

胖蛤蟆兵説：「我們找到這個劇院是在5分鐘以前。」

阿茉説：「是的，正像預料的那樣，大家都會在這裏團聚。」阿茉説完轉身出去了。

舞台的燈光亮起來。

蛤蟆太太激動起來，她不斷地問：「今天的演出真的是由蛤蟆主演的嗎？」

蛤蟆主編説：「我想是的，我們以前看的是青蛙主演的，這次是蛤蟆主演的了。」

音樂響起來了，大家停止説話。

幕布徐徐拉開。兩個英俊的少年出現在舞台上，他們是王子。

蛤蟆太太有些激動，她緊緊地拽着蛤蟆主編的手。蛤蟆主編的手心裏有些冒汗，滑滑的。

在王子後面出場的是穿綠裙子的女巫布里斯，女巫布里斯把王子變成蛤蟆。這個女巫布里斯就是阿茉扮演的。

蛤蟆主編説：「在戲裏，壞人往往是由好人來演的；在生活中，壞人也會扮演成好人。」

蛤蟆太太對蛤蟆主編繞口令一樣的話不感興趣，她希望趕快看見東東和西西。

女巫布里斯説：「人類英俊的王子啊，變成蛤蟆王子吧，變——變——變！」話音剛落，舞台上起了一陣煙霧，剛才的英俊少年不見了，出現了兩位穿着紅披風、頭戴金皇冠的蛤蟆王子，他們跟着音樂的節奏在舞蹈。

他們的扮演者就是蛤蟆東東和蛤蟆西西。

「蛤蟆王子，蛤蟆王子……」台下傳來孩子們整齊的叫喊聲。

舞台上出現了兩個小姑娘，其中一個姑娘看見蛤蟆王子東東以後，非常害怕。她説：「我沒見過這樣難看的蛤蟆。」

蛤蟆王子東東非常傷心。

而另一個小姑娘看見蛤蟆王子西西，伸出她的雙手，蛤蟆王子西西跳到小姑娘的手心裏。小姑娘用溫暖的嘴唇吻了蛤蟆西西冰冷的背，這時候，西西變回

了王子。

這位姑娘用愛解除了魔法。

蛤蟆太太流着眼淚，她第一次感覺到愛真是太偉大了，能產生奇跡！

這個由蛤蟆主演的劇目真是太成功了。

12
阿茉和她的劇院

阿茉用她的劇目告訴大家要善待動物，東東和西西的流浪生活正是在阿茉的劇院裏結束的。

演出結束的時候，舞台上出現了阿茉。她向所有的觀眾深深地鞠躬。

觀眾中有人認出了阿茉。有一個年紀很大的女觀眾激動地站起來說：「你是阿茉，30 年前，我看過你的舞蹈。」

「是的，是的，你就是阿茉。」

阿茉完全沒有想到，在這個城市裏，還有這麼多觀眾沒有忘記自己。阿茉年輕時是出色的舞蹈演員，一直跳到 30 年前，她實在是太老太老了的時候才停止演出。

觀眾們送給阿茉熱烈的掌聲。

阿茉說：「其實，今天的掌聲應該送給蛤蟆東東和西西，他們才是今晚的明星。」

蛤蟆東東和西西再次出現在舞台上，觀眾把手中

的鮮花拋向東東和西西。

他們被鮮花淹沒了。

阿茉繼續説：「他們在這個城市裏生活了一個月，流浪過、悲傷過、快樂過……很少有人會在意蛤蟆在城市裏的生活，因為他們不像貓和狗等可以成為與人類相陪伴的寵物，並且他們不是珍稀動物，他們太普通。我們聽不見他們的聲音，他們就像路邊沉默的鵝卵石。」

觀眾沉默了，像無數枚鵝卵石。

阿茉説：「我並不是想告訴大家，舞台可以讓蛤蟆變成明星，我只是希望大家友好地對待來到我們城市的每一位善良的人，不管他們是誰，不管他們長得怎樣。」

觀眾中爆發出長久的掌聲。

觀眾散去的時候，蛤蟆主編、蛤蟆太太、蛤蟆兵和蛤蟆東東、蛤蟆西西緊緊地擁抱在一起。

胖蛤蟆兵説：「這個城市裏到處都是汽車和行人，我們真替你們擔心。」

瘦蛤蟆兵説：「離開自己的家鄉，過的一定是流浪的生活。」

蛤蟆太太抹着眼淚説：「你們在城市裏流浪，一定吃了不少的苦。」

蛤蟆主編像記者採訪新聞人物一樣地問：「能説説你們的流浪經歷嗎？」

蛤蟆東東和西西的流浪經歷要從他們還是蝌蚪的時候説起：當東東和西西還是蝌蚪的時候，被小眼鏡安迪帶到了長江路小學的荷花池。他們在荷花池裏生活，每天都能看見男孩馬加力和女孩文新雨，他們是來玩開紙船遊戲的。

女孩文新雨非常喜歡蝌蚪，每天都帶麪包屑餵養他們。她盼望能見到蝌蚪變成的青蛙。

有一天早晨，東東和西西發現自己長出了腿。他們為自己馬上就要變成蛤蟆而高興，因為他們每天都盼望自己趕快長大，趕快長出腿，趕快離開池塘，回到自己的家。

他們也為自己要離開長江路小學而傷心，因為他們在這裏認識了文新雨。文新雨是一個像小公主一樣美麗的女孩。

星期一的早晨，文新雨來看望蝌蚪變成的青蛙。可是，她看見的是兩隻灰黑色的蛤蟆。

文新雨尖叫起來：「啊！他們不是青蛙蝌蚪，是蛤蟆蝌蚪，哦，太醜了！」她害怕地逃跑了。

在蛤蟆鎮，蛤蟆們從沒有聽説過蛤蟆是醜的。

東東問西西：「我們真的很醜嗎？」

西西説：「一定是的。以前文新雨多麼喜歡我們，可是，今天見了我們的樣子，她都逃跑了。」

難道，在人類看來，蛤蟆是醜的？

想到這裏，東東和西西更想回家了，回家的想法在他們的心裏已經埋藏了很久很久，現在更加強烈。

他們採了荷花池裏的兩片荷葉，用荷葉擋着自己的身體，從圍牆的縫隙之間跳到了馬路上。

他們的回家經歷更像是在逃跑。

他們在城市裏迷路了，一直走到了 99 號窨井旁邊。他們發現了下水道的入口，那裏成了他們臨時的家。

就在那個下着大暴雨的時候，他們遇到了懂得蛤蟆語的女孩米粒。這讓他們非常高興。

雨過天晴的時候，他們遇到了不懂蛤蟆語，但是願意把他們帶到家裏的阿茉。

阿茉把東東和西西接到了劇院。在溫暖的燈光下，東東和西西裹着白色的浴巾，打着哈欠睡着了。

蛤蟆主編很感謝阿茉為他們所做的一切。

13 錯誤的進化論

阿茉說最該感謝的應該是高校長，他在幕後巧妙地安排了一切。蛤蟆太太變成人的希望落空了，卻非常高興。

阿茉仍然像一棵綠色的樹靜靜地站在大家面前。

她說話的聲音很輕，但很清楚。她說：「你們應該感謝長江路小學的高校長，是他找到了我，讓我找到東東和西西並照顧他們。他在幕後把一切都安排得那麼巧妙。」

「高校長？他來了嗎？」蛤蟆主編問，「他懂得我們的蛤蟆語言。哦，天哪！我們一直沒有注意，阿茉也懂得蛤蟆語言的。」

是的，和阿茉說了這麼長時間的話，誰也沒有注意到這一點。因為阿茉總是這樣，她做任何事情，說任何話的時候，自己總是顯得很安靜，安靜得讓人不怎麼注意到她本人。

蛤蟆兵說：「我們也覺得很奇怪，我們進城的時

候，遇到過一個給我們讓路的司機，他好像也懂得蛤蟆語言。也許，只要是真正愛我們的人就能懂得我們的語言。」

「也許是這樣的吧。愛本身就是最好的語言。」說話的正是高校長。

高校長說他是依靠米粒得到的荷葉傘找到東東和西西的。

米粒拿着蛤蟆送的荷葉傘給小眼鏡安迪看，安迪說：「去找高校長吧。」安迪覺得自己犯的這個錯誤彌補起來真是太不容易了，改正錯誤有的時候是需要別人幫助的。

高校長找到阿茱，講述了蛤蟆東東和西西的故事，最後說：「我能找到蛤蟆東東和西西，卻很難讓蛤蟆東東和西西儘快和蛤蟆主編、蛤蟆兵相聚。蛤蟆們分開時間已經太長了，我想，你能讓他們儘快相聚的。」

「是的。」阿茱小姐說，「讓我試試吧。」

於是，阿茱安排了《蛤蟆王子》的演出。他們在咖啡店、地鐵口、巴士站以及公寓樓前都貼上了演出的海報。他們相信，東東和西西的親人看見海報就會來找他們的。

就像他們預料的那樣，蛤蟆兵和蛤蟆主編、蛤蟆太太都找到了這裏。還有他們沒預料到的是東東和西西成了城市裏的明星。

演出一直持續了 5 天。

在這 5 天中，米粒和安迪忙着為蛤蟆主編和蛤蟆太太設計屋頂。

安迪建議用玻璃來做屋頂，這樣，正如蛤蟆主編在啟事上寫的那樣，住在城堡裏，白天可以曬太陽，晚上可以看星星。

為了彌補自己的粗心，米粒很快就完成了城堡屋頂的設計。

她還和安迪一起設計了一個星星形狀的花園，最後，他們在花園和城堡之間設計了一個噴泉。這個噴泉可以為花園裏的花澆水，夏天的時候，玻璃屋頂太熱的時候，可以用水沖，住在城堡裏，會感覺外面像在下雨，非常涼爽。

蛤蟆主編和蛤蟆太太都非常滿意。

到第 5 天的時候，蛤蟆朋友們將回到自己的蛤蟆鎮。

高校長、阿茉和米粒早早地來送他們。

東東和西西東張西望，他們在等待小眼鏡安迪。

經歷了許多事情以後，他們覺得反而要感謝安迪，是安迪把他們帶到了城市，認識了那麼多的人。

小眼鏡安迪終於來了，他帶來了夏老師、文新雨、馬加力，還有住在美人蕉下面的那隻美人蕉蛤蟆。

東東和西西沒想到還能看見文新雨，他們一直覺得文新雨是最美麗的公主。

文新雨走到他們面前，伸出雙手，把他們捧起來，接着她吻了吻東東和西西的額頭，就像舞台上演出時那樣。其實，5 天來，夏老師、美人蕉蛤蟆、文新雨和馬加力一直都在看演出。

美人蕉蛤蟆說：「哦，太偉大了。」她簡直要羨慕死了。

蛤蟆太太激動地對東東和西西說：「哦，親愛的，一切都是真的，不是演戲也不是做夢，也許過一會兒，你們就會變成人了。」

夏老師、安迪、馬加力和文新雨雖然還是聽不懂蛤蟆的語言，但是夏老師說：「文新雨看了演出，一直都在流淚，她說，她知道你們不會變成王子，但你們永遠都是我們的朋友。」

蛤蟆主編突然問高校長：「真的不會變成王子嗎？」他一直擔心他的太太變成人離開他的。

高校長哈哈地笑了：「如果你們去讀一讀達爾文的進化論，你們就會明白，蛤蟆不會變成人，人也不會變成蛤蟆。青蛙變成王子只是美麗的童話故事。」

蛤蟆主編頓時有些不好意思了，他覺得自己看的書實在是太少了。他真的很佩服高校長，他懂得那麼多，還懂得他們的蛤蟆語言和蛤蟆文字。

值得慶倖的是，他和蛤蟆太太關於「蛤蟆變人」的進化論是錯誤的，也就是說，他和他的太太永遠是一對幸福的蛤蟆夫婦。

蛤蟆主編請求大家一起拍一張照片，他說：「回去以後要在《蛤蟆生活報》上刊登這張照片，並且告訴所有的蛤蟆：『丟失的蛤蟆東東和西西回來了，蛤蟆和人類成為了朋友。』」

14 故事後面的故事

米粒失去了聽懂蛤蟆語言的特殊能力，但她得到一張蛤蟆報，她確定蛤蟆鎮的朋友們仍然幸福地生活在蛤蟆小鎮上。

很長時間過去了，米粒過完了 12 歲的生日。在生日這天，她接到一封小小的信，落款是蛤蟆主編。信封裏裝着一張長方形的像名片一樣大小的照片，是分別那天的集體照。

在一個雙休日，米粒和她的爸爸、媽媽到水牛灣寫生，順便拜訪蛤蟆小鎮。

但是，他們直到天黑都沒有找到那塊標着「蛤蟆鎮」的路標。

米先生不好意思地對葉老師説：「我不是歷史教授，也沒有古代的地圖。」

後來，他們看見幾隻蛤蟆慢悠悠地從他們身邊經過。他們似乎在交頭接耳，米粒突然發現，她已經聽不懂蛤蟆的語言了。

米粒特別傷心。

這時候，她突然發現，在她面前的草地上，有一張報紙，報紙上最大的字是這樣的：HMSHB。

米粒把這張報紙帶到學校裏給了高校長，高校長說：「這是《蛤蟆生活報》。報紙上除了介紹了一些蟲子的營養價值以外，還說蛤蟆鎮新開了一家咖啡店，蛤蟆小鎮的蛤蟆數量增加到 1010 隻了。」

高校長還告訴米粒一個秘密：「蛤蟆的文字和人類的拼音相通，書寫的時候，就是拼音的第一個字母。」

米粒高興起來，因為她能確定蛤蟆主編和他的太太以及蛤蟆兵、東東和西西仍然幸福地生活在蛤蟆小鎮上。

中國兒童文學名家精選（第二輯）

女孩米粒的奇幻故事

作　　者：王一梅
責任編輯：趙慧雅
美術設計：蔡學彰
出　　版：新雅文化事業有限公司
　　　　　香港英皇道 499 號北角工業大廈 18 樓
　　　　　電話：(852) 2138 7998
　　　　　傳真：(852) 2597 4003
　　　　　網址：http://www.sunya.com.hk
　　　　　電郵：marketing@sunya.com.hk
發　　行：香港聯合書刊物流有限公司
　　　　　香港新界大埔汀麗路 36 號中華商務印刷大廈 3 字樓
　　　　　電話：(852) 2150 2100
　　　　　傳真：(852) 2407 3062
　　　　　電郵：info@suplogistics.com.hk
印　　刷：中華商務彩色印刷有限公司
　　　　　香港新界大埔汀麗路 36 號
版　　次：二〇一九年四月初版

ISBN: 978-962-08-7235-8

18/F,North Point Industrial Building, 499 King's Road, Hong Kong
Published and printed in Hong Kong